U0056913

瑞蘭國際

瑞蘭國際

QR Code版

作者的話

讓日語學習成為每天生活的一部分

常有台灣朋友問我，要說一口流利的日文是不是很困難？我總是這麼回答：「一點也不難，但是要有耐性、需要習慣，也要讓日語學習成為每天生活的一部分。」然而，好奇心也是學習外語不可或缺的素質，「這句日語怎麼說？」您常有這樣的疑問嗎？有進一步找尋解答嗎？如果答案是肯定的話，相信這些疑問的日積月累，一定能讓您的表達能力更加豐富、更加順暢。日語會話不過是單字和簡單句型的組合，只要您多背些單字，勤加練習常用句型，要練就脫口而出的功力，並非難事。像旅居日本已近三十年的我，就認識了不少同樣來自外國的朋友，其中有很多人一開始並無任何日文基礎，也沒有專程前往語言學校學習日語，只因為生活的需要，每天接觸日文，很快的就能進入狀況。

這就是我著手寫這本書的動機，如果讀者能把日語學習和生活結合在一起，不僅學起來輕鬆，效果亦佳。為了方便讀者解決「這句日語怎麼說？」的疑問，本書按照情境來分別介紹，讀者也可視需要或假設可能發生的狀況，必須用到哪些句子或單字，選擇內容來學習，俗說有備無患，上陣時才不會辭窮啊。當然，除了日文，對日本的種種多份關心或進一步了解，除了可激發或持續學習日文的熱情，對習得「活的日語」亦有很大的幫助。本書各單元的專欄從日本的風俗習慣至流行資訊皆有涉獵，有興趣的朋友，不妨參考看看。

本書可說是我在日本生活近三十年的心得，如果對您的日語學習有所幫助，將是我最大的榮幸。此外，對日本生活有興趣的朋友也歡迎至如下分享我在日本生活的點滴。

Instagram：chiehwalin

Facebook：Chieh Wa Lin

部落格：WAWA的新家 http://chiehchueh2.pixnet.net/blog

林潔玨

編者的話

不只是日語學習書，更是日本生活小學堂

日本是亞洲文化輸出大國。不管身在哪個角落，吃的日式美食、商家擺放的招財貓、讓人愈陷愈深的日劇、架上最新的藥妝產品、陪伴我們一起長大的動漫遊戲……。無處不在的日本文化，挑起許多人學習日語的慾望。市面上日語學習書籍百花齊放，但內容品質卻良莠不齊。有的日語學習書強調最簡單，有的說它最方便，然而書裡頭卻充斥著日本人不會說的「怪怪的日語」，也是不爭的事實。再者放眼望去，書店裡「生活日語」琳瑯滿目，但是好像每本內容都大同小異？

不用再煩惱了！只有這一本《絕對實用！日本人天天說的生活日語》由長年生活在日本的台灣老師編寫、日語教育專家審訂，所以才能夠包含了所有日本人的生活必備用語，又完全了解台灣人的學習需求，而且句句皆是最正確的日語！全書內容涵蓋11個大場景，94個小狀況，超過600句的實用日語，不論是赴日旅遊、洽商、遊學、甚至和日本朋友交往……，真的只要有這本就夠了！

這本書最讓人喜愛的一點，就是作者以自身在日本生活近三十年的經驗，為讀者詳盡介紹最充實的日本生活資訊，從如何與日本人交往、天氣與日常的寒暄、便捷實用的日本交通卡、日本美食大搜尋、日本餐廳禮儀、在日本看病……，這些課本沒有的日本生活大小事，透過「休息一下」專欄一一道來，讓您不僅學會日語，更從日常生活的各種現象來了解日本人！學習日語一點都不枯燥，不用死背複雜的文法，不必硬記困難的句型，只要找到對的書，就會事半功倍！《絕對實用！日本人天天說的生活日語》就是這樣一本，不只是日語教材，更是日本生活小學堂的全方位學習書。

元氣日語編輯小組

如何使用本書

場景

分類檢索最好查詢，標示在哪個地點、哪種狀況下運用，學習生活中最實用的常用句！

音軌序號

配合聆聽與覆誦，學習最優雅標準的日語！

發音

標示羅馬拼音，即使是還不熟悉五十音的初學者，一樣可以說出標準的日語！

套進去說說看

搭配相關單字，符合各種不同的需求！

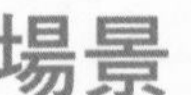

場景 03 他人の紹介（たにんのしょうかい） ta.ni.n no sho.o.ka.i 介紹他人

MP3 03

社交

1 夫（おっと）です。
o.t.to de.su
我先生。

妻（つま）	娘（むすめ）	祖母（そぼ）
tsu.ma	mu.su.me	so.bo
太太	女兒	祖母

2 こちらは上司（じょうし）の山本（やまもと）です。
ko.chi.ra wa jo.o.shi no ya.ma.mo.to de.su
這位是我的上司山本。

先輩（せんぱい）	後輩（こうはい）	同僚（どうりょう）
se.n.pa.i	ko.o.ha.i	do.o.ryo.o
前輩、學長姐	晚輩、學弟妹	同事

3 彼（かれ）は人事部（じんじぶ）のベテランです。
ka.re wa ji.n.ji.bu no be.te.ra.n de.su
他是人事部的老手。

営業（えいぎょう）	総務（そうむ）	マーケティング
e.e.gyo.o	so.o.mu	ma.a.ke.ti.n.gu
業務	總務	行銷

4 彼女（かのじょ）とは同（おな）じ会社（かいしゃ）に勤（つと）めています。
ka.no.jo to wa o.na.ji ka.i.sha ni tsu.to.me.te i.ma.su
和她在同一家公司上班。

工場（こうじょう）	営業所（えいぎょうしょ）	部署（ぶしょ）
ko.o.jo.o	e.e.gyo.o.sho	bu.sho
工廠	營業所	單位

第一單元
社　交

場景01 自我介紹
場景02 請教有關對方
場景03 介紹他人
場景04 邀請
場景05 約定
場景06 拜訪・招待
場景07 請託
場景08 致謝
場景09 誤解・爭執
場景10 道歉
場景11 稱讚

情境

11個大場景，94個小狀況，超過600句的實用日語，涵蓋日本生活所有範圍，功能最完整！

熱愛泡澡的日本人

喜歡看日劇的朋友，有沒有發現入浴、出浴的鏡頭不少，而且劇中人常在洗澡後，一邊擦頭髮、一邊開冰箱拿啤酒？曾造訪日本的朋友，會不會覺得日本飯店的浴缸又大又深，特別是日式旅館的大澡堂，有沒有讓您留下深刻的印象？而日本市面上販賣的沐浴用品，不論是溫泉粉、沐浴乳、還是洗澡的各種小道具，有沒有讓您眼花撩亂、目不暇給？相信您的答案是肯定的。可見，洗澡在日本人的生活中佔有很大的地位。

雖然一般的日本家庭幾乎都有浴缸，可在家裡享受泡澡的樂趣，但還是有很多日本人覺得不過癮，喜歡去外面的「銭湯（せんとう）」（< se.n.to.o >；公共澡堂）或「健康（けんこう）ランド」（< ke.n.ko.o ra.n.do >；規模、設備、服務更加齊全的沐浴設施）享受更上一層樓的沐浴樂趣。而休假期間，也有不少人專程前往溫泉聖地泡湯呢。因此，說日本人是個熱愛洗澡的民族，一點也不誇張。日本人不僅喜歡洗澡，也很懂得怎麼洗澡。對他們來說，洗澡不單只是為了清潔身體，也是個消除疲勞、放鬆身心的極致享受，甚至還可以說是一種文化呢。有計畫前往日本的朋友，不妨試試日本的澡堂，可是會讓人上癮的。利用日本澡堂時，有幾點要特別注意。第一，不要害羞，畏首畏尾、遮遮掩掩反而很奇怪，更不要學電視，圍一條大毛巾進浴池，頂多是在移動時，用小毛巾遮住下面的部位。第二，必須先將身體先沖洗乾淨，才可以進入浴池泡澡。第三，長髮女孩請把頭髮綁起來，別放任頭髮在浴池裡飄蕩。第四，冲水的時候，小心不要濺到別人。了解這些基本的禮貌，您就可以輕鬆的上日本澡堂囉。

▲對日本人而言，洗澡不只是清潔身體的「行為」，更是犒賞自己的一種「享受」。

043　一天的生活

休息一下

原來如此！日本人的日常生活原來這麼有趣！課本不會教的第一手資訊，讓在地日本達人告訴您！不僅學會日語，更從日常生活的各種現象來了解日本人！

目次

作者的話 002
編者的話 003
如何使用本書 004
附錄：有關數字的用法 165

第一單元 社交 009

- 場景01 自我介紹
- 場景02 請教有關對方
- 場景03 介紹他人
- 休息一下 如何和日本人交朋友
- 場景04 邀請
- 場景05 約定
- 場景06 拜訪・招待
- 場景07 請託
- 場景08 致謝
- 場景09 誤解・爭執
- 休息一下 善於問候的日本人
- 場景10 道歉
- 場景11 稱讚
- 休息一下 剛搬過來，請多多指教

第二單元 問候與打招呼 029

- 場景01 平時的寒暄
- 場景02 初次見面
- 場景03 久別重逢
- 休息一下 天氣與日常的寒暄
- 場景04 天氣
- 場景05 關心
- 場景06 道別
- 場景07 祝賀

第三單元 一天的生活 039

- 場景01 睡醒
- 場景02 早晨的準備
- 場景03 通勤・通學
- 休息一下 熱愛泡澡的日本人
- 場景04 家事
- 場景05 回家
- 休息一下 保護女性的「女性專用車廂」
- 場景06 用餐
- 場景07 洗澡
- 場景07 電視
- 場景07 就寢

第四單元　公司與學校　053

場景01 職業
場景02 工作內容
場景03 工作的感想
場景04 上司
場景05 同事・部下
場景06 加班
場景07 下班後
休息一下 日本公司的四大宴會
場景08 學校
場景09 校園生活
場景10 打工
休息一下 日本的升學情事
場景11 戀愛
休息一下 日本大學生的就業活動

第五單元　外食　069

場景01 哪種料理好呢？
場景02 進餐廳
休息一下 日本的百貨公司，是齊聚日本美食的天堂
場景03 點菜
休息一下 善用折價券，享用美食也可以打折
場景04 料理來了之後
場景05 不滿
場景06 飯後
休息一下 日本美食大搜尋
場景07 結帳
休息一下 日本餐桌的禮儀
場景08 飲酒
休息一下 向日本的夜晚乾杯

第六單元　購物　087

場景01 銀行
休息一下 日本什麼地方可以議價
場景02 尋找
場景03 試穿
場景04 付賬
場景05 超市
場景06 家電量販店
場景07 不良品
休息一下 日本血拼的最佳時機

第七單元　交通　099

場景01 飛機
場景02 電車
休息一下 便捷實用的日本交通卡
場景03 巴士
場景04 計程車
場景05 駕駛
休息一下 日本公車大挑戰
場景06 問路
休息一下 如何搭乘日本的電車

第八單元　通訊 ······ 111

場景01 電話
場景02 行動電話
休息一下 日本的消費稅率與免稅
場景03 電腦
場景04 電子郵件
場景05 郵寄
場景06 宅急便

第九單元　旅遊與興趣 ······ 121

場景01 報名
場景02 飯店的預約
場景03 變更・取消
休息一下 日本的國定假日
場景04 飯店裡
場景05 觀光
休息一下 日本的世界文化遺產
場景06 攝影
場景07 電影
場景08 運動
休息一下 日本四季的風物詩
場景09 音樂
休息一下 日語會話不可或缺的元素—附和

第十單元　困擾 ······ 139

場景01 症狀
場景02 受傷
休息一下 在日本看病
場景03 診療
場景04 藥房
休息一下 常見病名、醫院科名一覽表
場景05 交通事故
場景06 失竊
場景07 求助

第十一單元　各種感情、意見的表達與溝通 151

場景01 喜悅・快樂
場景02 充實感・感動
場景03 可笑・有趣
場景04 安穩・療癒
場景05 悲傷・痛苦
場景06 恐懼・寂寞
場景07 憤怒
場景08 驚訝
場景09 同意・肯定
場景10 否定・反對
場景11 回問
場景12 責備
場景13 鼓勵・建議

第一單元
社　交

場景01 自我介紹
場景02 請教有關對方
場景03 介紹他人
場景04 邀請
場景05 約定
場景06 拜訪・招待
場景07 請託
場景08 致謝
場景09 誤解・爭執
場景10 道歉
場景11 稱讚

場景01 自己紹介（じこしょうかい）

1 林美香（りんみか）です。
ri.n mi.ka de.su
我是林美香。

2 よろしくお願（ねが）いします。
yo.ro.shi.ku o ne.ga.i shi.ma.su
請多多指教。

3 こちらこそ、よろしくお願（ねが）いします。
ko.chi.ra ko.so yo.ro.shi.ku o ne.ga.i shi.ma.su
我也請您多多指教。

4 台湾（たいわん）から来（き）ました。
ta.i.wa.n ka.ra ki.ma.shi.ta
從台灣來的。

5 会社員（かいしゃいん）です。
ka.i.sha.i.n de.su
我是公司職員。

学生（がくせい）
ga.ku.se.e
學生

専業主婦（せんぎょうしゅふ）
se.n.gyo.o.shu.fu
家庭主婦

大学院生（だいがくいんせい）
da.i.ga.ku.i.n.se.e
研究生

6 貿易会社（ぼうえきがいしゃ）に勤（つと）めています。
bo.o.e.ki.ga.i.sha ni tsu.to.me.te i.ma.su
任職於貿易公司。

銀行（ぎんこう）
gi.n.ko.o
銀行

出版社（しゅっぱんしゃ）
shu.p.pa.n.sha
出版社

ホテル
ho.te.ru
飯店

7 出張(しゅっちょう)で札幌(さっぽろ)に来(き)ました。
shu.c.cho.o de sa.p.po.ro ni ki.ma.shi.ta
因出差來札幌。

観光(かんこう)	留学(りゅうがく)	研修(けんしゅう)
ka.n.ko.o	ryu.u.ga.ku	ke.n.shu.u
觀光	留學	研修

8 元気大学(げんきだいがく)を卒業(そつぎょう)しました。
ge.n.ki da.i.ga.gu o so.tsu.gyo.o.shi.ma.shi.ta
我是元氣大學畢業的。

9 独身(どくしん)です。
do.ku.shi.n de.su
我是單身。

10 結婚(けっこん)しています。
ke.k.ko.n.shi.te i.ma.su
我結婚了。

11 子供(こども)が３人(さんにん)います。
ko.do.mo ga sa.n.ni.n i.ma.su
有三個小孩。

12 女(おんな)の子(こ)１人(ひとり)と男(おとこ)の子(こ)２人(ふたり)です。
o.n.na no ko hi.to.ri to o.to.ko no ko fu.ta.ri de.su
一個女孩和二個男孩。

13 社宅(しゃたく)に住(す)んでいます。
sha.ta.ku ni su.n.de i.ma.su
住在公司宿舍。

MP3 02

場景 02 相手(あいて)について尋(たず)ねる

1 お名前(なまえ)は何(なん)ですか？
o na.ma.e wa na.n de.su ka
請教大名是？

2 日本(にほん)に来(き)てどれくらいですか？
ni.ho.n ni ki.te do.re ku.ra.i de.su ka
來日本多久了？

3 どれくらい滞在(たいざい)するんですか？
do.re ku.ra.i ta.i.za.i.su.ru n de.su ka
要待多久呢？

4 誕生日(たんじょうび)はいつですか？
ta.n.jo.o.bi wa i.tsu de.su ka
生日是什麼時候？

5 生(う)まれはどこですか？
u.ma.re wa do.ko de.su ka
出生地在哪裡？

学校(がっこう)	会社(かいしゃ)	お家(うち)
ga.k.ko	ka.i.sha	o u.chi
學校	公司	家

6 どんな仕事(しごと)をなさっていますか？
do.n.na shi.go.to o na.sa.t.te i.ma.su ka
您從事怎樣的工作？

7 専攻(せんこう)は何(なん)ですか？
se.n.ko.o wa na.n de.su ka
主修什麼？

8

きょうだい
兄弟はいますか？
kyo.o.da.i wa i.ma.su ka
有兄弟姊妹嗎？

こども 子供 ko.do.mo 小孩	かれし 彼氏 ka.re.shi 男朋友	かのじょ 彼女 ka.no.jo 女朋友

9

なんにん かぞく
何人家族ですか？
na.n.ni.n ka.zo.ku de.su ka
家族有幾個人？

きょうだい
兄弟
kyo.o.da.i
兄弟姊妹

10

わたし かにざ
私は蟹座です。あなたは？
wa.ta.shi wa ka.ni.za de.su a.na.ta wa
我是巨蟹座。你呢？

おとめ 乙女 o.to.me 處女	やぎ 山羊 ya.gi 魔羯	いて 射手 i.te 射手

11

なに しゅみ
何か趣味はありますか？
na.ni ka shu.mi wa a.ri.ma.su ka
有什麼興趣嗎？

ゆめ 夢 yu.me 夢想	もくひょう 目標 mo.ku.hyo.o 目標

介紹他人

1

夫(おっと)です。
o.t.to de.su
我先生。

妻(つま)	娘(むすめ)	祖母(そぼ)
tsu.ma	mu.su.me	so.bo
太太	女兒	祖母

2

こちらは上司(じょうし)の山本(やまもと)です。
ko.chi.ra wa jo.o.shi no ya.ma.mo.to de.su
這位是我的上司山本。

先輩(せんぱい)	後輩(こうはい)	同僚(どうりょう)
se.n.pa.i	ko.o.ha.i	do.o.ryo.o
前輩、學長姐	晚輩、學弟妹	同事

3

彼(かれ)は人事部(じんじぶ)のベテランです。
ka.re wa ji.n.ji.bu no be.te.ra.n de.su
他是人事部的老手。

営業(えいぎょう)	総務(そうむ)	マーケティング
e.e.gyo.o	so.o.mu	ma.a.ke.ti.n.gu
業務	總務	行銷

4

彼女(かのじょ)とは同(おな)じ会社(かいしゃ)に勤(つと)めています。
ka.no.jo to wa o.na.ji ka.i.sha ni tsu.to.me.te i.ma.su
和她在同一家公司上班。

工場(こうじょう)	営業所(えいぎょうしょ)	部署(ぶしょ)
ko.o.jo.o	e.e.gyo.o.sho	bu.sho
工廠	營業所	單位

如何和日本人交朋友

常有台灣朋友問筆者，日本人是不是很冷淡、講話模棱兩可又很假，很難真心交往。就二十幾年來與他們相處的心得，其實日本人只是對不熟悉的人較為害羞多慮，如果才剛認識就對他們熱情有加的話，常會把他們嚇到。再加上日本話本身的聲調比較沒有高低起伏與抑揚頓挫，遣辭用句上也偏好婉轉、間接的表達，所以才會產生上述的錯覺。

就拿電車上常聽到的廣播來說吧，「**車内での携帯電話のご使用はご遠慮ください**」照字面的意思，應翻成「車內請迴避使用行動電話」，明明是禁止，日本人卻喜歡使用委婉的勸告方式來表達。日語當中，這種委婉的表達方式，不勝枚舉，難怪不明瞭日語特性的外國人常會誤解。也因此和日本人交談時，不宜太過直爽，否則可是會得罪人的。

此外，日本從小到大的教育非常注重「**人に迷惑を掛けない**」（不給人添麻煩）這項美德，因此他們不會輕易的要求別人幫忙，也不喜歡輕易給人添麻煩的人。如果你們不是很熟，即使是微不足道的小事，也最好不要麻煩人家。

只要了解日本人的習性和日語特殊的表達方式，就不會覺得他們冷淡或假惺惺了。或許我們的熱情與直爽，日本人反而會招架不住呢。相互了解、彼此尊重，才是和諧相處的不二法門吧。

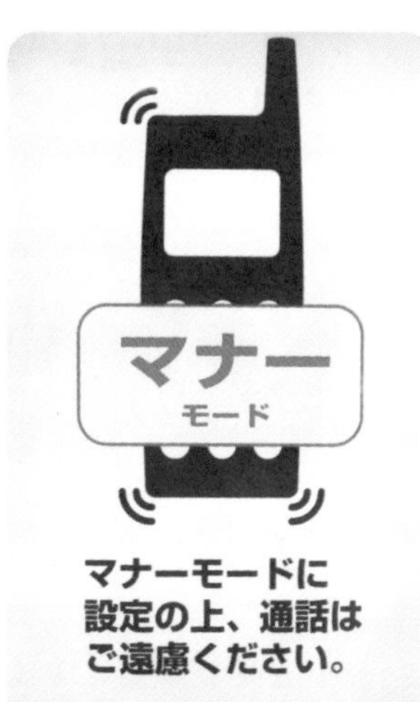

▲電車上的告示，請乘客將手機設為「禮貌模式」。所謂的「禮貌模式」，其實就是我們中文常說的「（靜音）震動模式」。

誘（さそ）い

1 今晩（こんばん）、お時間（じかん）ありますか？

ko.n.ba.n o ji.ka.n a.ri.ma.su ka

今晩，有時間嗎？

明日（あした）	あさって	今度（こんど）の日曜日（にちようび）
a.shi.ta	a.sa.t.te	ko.n.do no ni.chi.yo.o.bi
明天	後天	這個禮拜天

2 一緒（いっしょ）に食事（しょくじ）しませんか？

i.s.sho ni sho.ku.ji.shi.ma.se.n ka

要不要一起吃飯？

お茶（ちゃ）	勉強（べんきょう）	買物（かいもの）
o.cha	be.n.kyo.o	ka.i.mo.no
喝茶	讀書	買東西

3 映画（えいが）を見（み）に行（い）きませんか？

e.e.ga o mi ni i.ki.ma.se.n ka

要不要去看電影？

4 みんなで飲（の）みに行（い）くんですが、参加（さんか）しませんか？

mi.n.na de no.mi ni i.ku n de.su ga sa.n.ka.shi.ma.se.n ka

大家要一起去喝酒，要不要參加？

5 たまにはテニスでもどうですか？

ta.ma ni wa te.ni.su de.mo do.o de.su ka

偶而要不要打個網球什麼的？

6 いい考（かんが）えですね。

i.i ka.n.ga.e de.su ne

真是不錯的點子。

7 ぜひ。
ze.hi
一定（参加）。

8 喜(よろこ)んで。
yo.ro.ko.n.de
我很樂意。

9 いつにしましょうか？
i.tsu ni shi.ma.sho.o ka
要定什麼時候？

10 残念(ざんねん)ですが、都合(つごう)が悪(わる)いんです。
za.n.ne.n de.su ga tsu.go.o ga wa.ru.i n de.su
很遺憾，但無法配合。

11 また誘(さそ)ってくださいね。
ma.ta sa.so.t.te ku.da.sa.i ne
再邀我喔。

12 別(べつ)の日(ひ)でもいいですよ。
be.tsu no hi de.mo i.i de.su yo
改天也可以喔。

13 そうしていただけますか？
so.o shi.te i.ta.da.ke.ma.su ka
能為我這麼做嗎？

14 誘(さそ)ってくれてありがとう。
sa.so.t.te ku.re.te a.ri.ga.to.o
謝謝邀請我。

場景 05 やくそく 約束

MP3 05

1 いつがいいですか？

i.tsu ga i.i de.su ka

什麼時候好呢？

なんようび 何曜日	なんにち 何日	なんじ 何時
na.n.yo.o.bi	na.n.ni.chi	na.n.ji
星期幾	幾號	幾點

2 しゅうまつ
週末はどうですか？

shu.u.ma.tsu wa do.o de.su ka

週末如何？

ごぜんちゅう 午前中	ごご 午後	ゆうがた 夕方
go.ze.n.chu.u	go.go	yu.u.ga.ta
上午	下午	傍晚

3 いいですよ。

i.i de.su yo

沒問題喔。

4 きゅうじつ　だいじょうぶ
休日なら、いつでも大丈夫です。

kyu.u.ji.tsu na.ra i.tsu de.mo da.i.jo.o.bu de.su

假日的話，什麼時候都可以。

5 あした　むずか　あ
明日は難しいけど、あさっては空いています。

a.shi.ta wa mu.zu.ka.shi.i ke.do a.sa.t.te wa a.i.te i.ma.su

雖然明天很困難，但後天有空。

いそが 忙しい	ひま 暇がない	きび 厳しい
i.so.ga.shi.i	hi.ma ga na.i	ki.bi.shi.i
很忙	沒空	很緊湊

6 できれば早(はや)めがいいです。

de.ki.re.ba ha.ya.me ga i.i de.su

可以的話，早一點為佳。

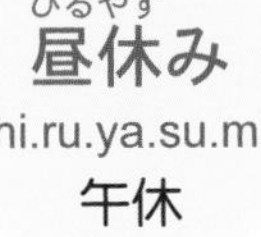

遅(おそ)め	昼休(ひるやす)み	月末(げつまつ)
o.so.me	hi.ru.ya.su.mi	ge.tsu.ma.tsu
晚一點	午休	月尾

7 そちらの都合(つごう)に合(あ)わせます。

so.chi.ra no tsu.go.o ni a.wa.se.ma.su

配合你的狀況。

時間(じかん)	スケジュール	予定(よてい)
ji.ka.n	su.ke.ju.u.ru	yo.te.e
時間	行程	預定

8 どこで会(あ)いますか？

do.ko de a.i.ma.su ka

在哪見面呢？

待(ま)ち合(あ)わせ	落(お)ち合(あ)い
ma.chi.a.wa.se	o.chi.a.i
等候碰面	碰頭

9 渋谷駅前(しぶやえきまえ)のハチ公(こう)は知(し)っていますか？

shi.bu.ya.e.ki ma.e no ha.chi.ko.o wa shi.t.te i.ma.su ka

你知道澀谷車站前的八公嗎？

10 今夜7時(こんやしちじ)に店(みせ)の前(まえ)で会(あ)いましょう。

ko.n.ya shi.chi.ji ni mi.se no ma.e de a.i.ma.sho.o

今晚七點在店門口見吧。

MP3 06

場景 06 訪問(ほうもん)・もてなし

1 お邪魔(じゃま)します。
o ja.ma shi.ma.su
打擾了。

2 どうぞお入(はい)りください。
do.o.zo o ha.i.ri ku.da.sa.i
請進。

掛(か)け
ka.ke
坐

くつろぎ
ku.tsu.ro.gi
別拘束

飲(の)み
no.mi
喝

3 つまらないものですが……。
tsu.ma.ra.na.i mo.no de.su ga
小小禮物不成敬意……。

4 ご丁寧(ていねい)にありがとうございます。
go te.e.ne.e ni a.ri.ga.to.o go.za.i.ma.su
您客氣了，謝謝。

5 コーヒーはいかがですか？
ko.o.hi.i wa i.ka.ga de.su ka
要不要咖啡？

6 お言葉(ことば)に甘(あま)えて。
o ko.do.ba ni a.ma.e.te
承蒙你的盛情。

7 どうぞおかまいなく。
do.o.zo o ka.ma.i.na.ku
請別費心招待我。

8 よければ、お茶(ちゃ)でもいかがですか？
yo.ke.re.ba o.cha de.mo i.ka.ga de.su ka
可以的話，喝杯茶如何呢？

ジュース	紅茶(こうちゃ)	お水(みず)
ju.u.su	ko.o.cha	o mi.zu
果汁	紅茶	水

9 砂糖(さとう)とミルクはどうなさいますか？
sa.to.o to mi.ru.ku wa do.o na.sa.i.ma.su ka
要不要糖和奶精？

10 お代(か)わりはいかがですか？
o.ka.wa.ri wa i.ka.ga de.su ka
再來一杯如何？

11 いいえ、結構(けっこう)です。
i.i.e ke.k.ko.o de.su
不，不用了。

12 そろそろ失礼(しつれい)します。
so.ro.so.ro shi.tsu.re.e.shi.ma.su
差不多該走了。

13 また来(き)てくださいね。
ma.ta ki.te ku.da.sa.i ne
請再來喔。

14 今度(こんど)我(わ)が家(や)にも遊(あそ)びに来(き)てください。
ko.n.do wa.ga.ya ni mo a.so.bi ni ki.te ku.da.sa.i
下次也請來我家玩。

請託

1 頼(たの)みたいことがあるんですが……。
ta.no.mi.ta.i ko.to ga a.ru n de.su ga
我有事情想拜託你……。

2 ちょっとお願(ねが)いしてもいいですか？
cho.t.to o ne.ga.i shi.te mo i.i de.su ka
可以麻煩你一下嗎？

3 すみませんが、ちょっと手伝(てつだ)ってもらえますか？
su.mi.ma.se.n ga cho.t.to te.tsu.da.t.te mo.ra.e.ma.su ka
不好意思，可以幫我一下忙嗎？

4 何(なん)でしょうか？
na.n de.sho.o ka
什麼事呢？

5 ごめんなさい、今(いま)はちょっと……。
go.me.n.na.sa.i i.ma wa cho.t.to
很抱歉，現在有點……。

6 ちょっとならいいですよ。
cho.t.to na.ra i.i de.su yo
一下子的話可以啦。

7 お手洗(てあら)いを借(か)りてもいいですか？
o te.a.ra.i o ka.ri.te mo i.i de.su ka
可以借個廁所嗎？

辞書(じしょ)	車(くるま)	電話(でんわ)
ji.sho	ku.ru.ma	de.n.wa
辭典	車子	電話

お礼（れい）
o re.e

致謝

MP3 08

1 ありがとう。
a.ri.ga.to.o
謝謝。

2 先日（せんじつ）はありがとうございました。
se.n.ji.tsu wa a.ri.ga.to.o go.za.i.ma.shi.ta
那一天多謝了。

3 大変（たいへん）お世話（せわ）になりました。
ta.i.he.n o se.wa ni na.ri.ma.shi.ta
承蒙很大的照顧。

4 おかげさまで、うまく行（い）きました。
o.ka.ge.sa.ma de u.ma.ku i.ki.ma.shi.ta
托您的福，進行得很順利。

5 本当（ほんとう）に助（たす）かりました。
ho.n.to.o ni ta.su.ka.ri.ma.shi.ta
真的幫了我好大的忙。

6 どういたしまして。
do.o i.ta.shi.ma.shi.te
不客氣。

7 とんでもないです。
to.n.de.mo na.i de.su
哪裡話。

8 お役（やく）に立（た）ててうれしいです。
o ya.ku ni ta.te.te u.re.shi.i de.su
很高興對您有幫助。

場景09 誤解（ごかい）・争い（あらそい） 誤解・爭執

go.ka.i a.ra.so.i

1 私の誤解かもしれません。（わたし／ごかい）

wa.ta.shi no go.ka.i ka.mo.shi.re.ma.se.n

或許是我的誤解。

勘違い（かんちがい）	思い過ごし（おもいすごし）	ミス
ka.n.chi.ga.i	o.mo.i.su.go.shi	mi.su
誤會	過慮、多疑	失誤

2 誤解なら謝ります。（ごかい／あやま）

go.ka.i na.ra a.ya.ma.ri.ma.su

如果是誤會，向你道歉。

3 そんなことを言った覚えはありません。（い／おぼ）

so.n.na ko.to o i.t.ta o.bo.e wa a.ri.ma.se.n

我不記得說過那樣的話。

4 言いがかりは止めてください。（い／や）

i.i.ga.ka.ri wa ya.me.te ku.da.sa.i

請不要找碴。

5 ケチをつけるな！

ke.chi o tsu.ke.ru na

別雞蛋裡頭挑骨頭！

6 よくそんなことが言えますね。（い）

yo.ku so.n.na ko.to ga i.e.ma.su ne

那種話竟說得出口。

7 これ以上言っても無駄でしょう。（いじょう／い／むだ）

ko.re i.jo.o i.t.te mo mu.da de.sho.o

再說下去也沒用吧。

善於問候的日本人

日本是個善於問候的國家，不論是在凜冽的嚴冬、酷熱的暑夏，還是準備除舊佈新的年底，於公於私，日本人都會寄出大量的明信片給親朋好友或與工作有關的人士。每逢「**暑中見舞い**」（< sho.chu.u mi.ma.i >；暑中問候）、「**寒中見舞い**」（< ka.n.chu.u mi.ma.i >；寒中問候）或「**年賀状**」（< ne.n.ga.jo.o >；年底寄送的賀年片）的時節，每個家庭寄出五十到上百封的明信片是很普遍的，除了告知自己的近況，也表示對對方的關心。即使在網路發達的現在，寄送明信片的習慣依然盛行。

這些時期一近，日本郵局就會發售許多精美、且附有抽獎號碼的應景明信片。此外，許多家庭也會利用市售的電腦軟體，或委託照相館，將郵局發售的明信片加工成「獨一無二」的明信片。

逢年過節，日本人也會贈送禮品給承蒙照顧的人，以表達心中的謝意。一般來說，以「**中元**」（< chu.u.ge.n >；中元）和「**歳暮**」（< se.e.bo >；年終）這二個時期最為普遍，而在這二個時期贈送的禮品，則分別稱為「**お中元**」（< o chu.u.ge.n >）和「**お歳暮**」（< o se.e.bo >）。

每逢中元、年終送禮的季節，各大百貨公司和禮品店就會競相推出各種精美的禮盒來爭奪顧客，從最簡單的商品券、生活用品到地方名產、世界美食美酒，應有盡有，繁不勝數。如果有機會在這時期前往日本，不妨前往各大百貨公司開個眼界吧。

▲郵局會在年底前將各家收到的賀年卡整理好，元旦早上統一送達每戶人家的信箱。閱讀賀年卡就像是收到親朋好友來拜年的心意，非常溫馨。

道歉

1 ごめんなさい。
go.me.n.na.sa.i
對不起。

2 すみません。
su.mi.ma.se.n
對不起、麻煩一下。

3 ちょっと失礼(しつれい)します。
cho.t.to shi.tsu.re.e.shi.ma.su
失禮一下（常用於「借過」等稍微麻煩人家的場面）。

4 ご迷惑(めいわく)をおかけして申(もう)し訳(わけ)ございません。
go me.e.wa.ku o o ka.ke.shi.te mo.o.shi.wa.ke go.za.i.ma.se.n
對不起造成您的困擾。

5 お待(ま)たせしました。
o ma.ta.se shi.ma.shi.ta
讓您久等了。

6 お騒(さわ)がせして申(もう)し訳(わけ)ございません。
o sa.wa.ga.se.shi.te mo.o.shi.wa.ke go.za.i.ma.se.n
引起騷動真是抱歉。

7 どうか許(ゆる)してください。
do.o.ka yu.ru.shi.te ku.da.sa.i
請見諒。

8 気(き)にしないでください。
ki ni shi.na.i.de ku.da.sa.i
請不要放在心上。

場景11 褒める（ほ） ho.me.ru 稱讚

MP3 11

1 本当（ほんとう）に素敵（すてき）ですね。

ho.n.to.o ni su.te.ki de.su ne

真是漂亮啊。

きれい	すごい	賢（かしこ）い
ki.re.e	su.go.i	ka.shi.ko.i
美麗、乾淨	厲害	聰明

2 目（め）が高（たか）いですね。

me ga ta.ka.i de.su ne

眼光真高啊。

3 センスがいいですね。

se.n.su ga i.i de.su ne

品味真好啊。

度胸（どきょう）	気前（きまえ）	頭（あたま）
do.kyo.o	ki.ma.e	a.ta.ma
膽量	氣度（形容慷慨）	腦筋

4 彼女（かのじょ）は気（き）が利（き）きますね。

ka.no.jo wa ki ga ki.ki.ma.su ne

她真是機靈啊。

5 こんなにおいしいケーキは初（はじ）めてです。

ko.n.na.ni o.i.shi.i ke.e.ki wa ha.ji.me.te de.su

第一次吃到這麼好吃的蛋糕。

6 あなたほど上手（じょうず）な人（ひと）はいません。

a.na.ta ho.do jo.o.zu.na hi.to wa i.ma.se.n

沒有人能像你那麼拿手。

休息一下！

剛搬過來，請多多指教

隨著時代的進步，都市人和鄰居的關係越來越疏離冷漠，不過在日本，不論是單身還是家庭，在搬新家的時候，還是有個禮俗來表達敦親睦鄰的誠意。就傳統的習俗來說，日本人在搬抵新家後，會叫「**引っ越し蕎麦**」（< hi.k.ko.shi so.ba >；請新鄰居的蕎麥麵）外送請鄰居享用，以表示打招呼、問候之意。至於為什麼是蕎麥麵，據說是取「**お側に越してきました**」（搬到您附近）這句話裡「**側**」的諧音。不過最近多以輕便實用的清潔劑、毛巾等消耗用品或保存期限較長的小點心來取代。

向新鄰居問候打招呼，除了自我介紹，也可以利用這個機會，得到很多附近的資訊與情報。特別是日本一般的住宅區，因有所謂的自治會組織，不論是倒垃圾、資源回收、會費徵收或地方活動，都和自治會脫離不了關係，除非是租賃的單身公寓，要完全不和鄰居打交道並不容易，因此這個禮數不宜省略。至於拜訪的範圍，一般來說，獨棟住宅是對面三家、隔壁二家、後面一家和自治會班長，公寓則再加上上下二家，以及管理員。筆者剛結婚時住的是非常注重這些傳統禮儀的日本鄉下，雖然一開始會覺得有些麻煩，不過也因為一開始的自我介紹，大家知道我是外國新娘，不懂的事情很多，需要大家關照，從此就有不少熱情的歐巴桑，擔心我會不會想家、會不會做日本菜，三不五時還拿東西來「**おすそわけ**」（< o su.so.wa.ke >；分享），讓我雖置身國外，卻倍覺溫暖呢。

隨後雖遷住都市，但這個禮俗，依然實用，也讓我結交不少好朋友。有預定來日本留學、工作的朋友，擔心不知道如何與鄰居相處嗎？相信做好這個第一步，就能讓你漸入佳境喔。

▲在搬家時請新鄰居吃蕎麥麵，是自江戶時代流傳下來的習慣。

第二單元
問候與打招呼

場景01 平時的寒暄
場景02 初次見面
場景03 久別重逢
場景04 天氣
場景05 關心
場景06 道別
場景07 祝賀

場景 01 普段(ふだん)の挨拶(あいさつ)
fu.da.n no a.i.sa.tsu

平時的寒暄

1 おはよう。
o.ha.yo.o
早安。

2 こんにちは。
ko.n.ni.chi.wa
你好、午安。

3 こんばんは。
ko.n.ba.n.wa
晚安（晚上見面時用）。

4 お休(やす)みなさい。
o ya.su.mi.na.sa.i
請好好休息、晚安（睡覺前用）。

5 行(い)ってきます。
i.t.te ki.ma.su
我走了。

6 行(い)ってらっしゃい。
i.t.te ra.s.sha.i
慢走。

7 ただいま。
ta.da.i.ma
我回來了。

8 おかえり。
o ka.e.ri
回來啦。

初次見面

MP3 13

1 はじめまして。
ha.ji.me.ma.shi.te
幸會。

2 よろしくお願(ねが)いします。
yo.ro.shi.ku o ne.ga.i shi.ma.su
請多多指教。

3 こちらこそ。
ko.chi.ra ko.so
彼此彼此。

4 ようこそいらっしゃいました。
yo.o.ko.so i.ra.s.sha.i.ma.shi.ta
歡迎光臨。

5 主人(しゅじん)がいつもお世話(せわ)になっています。
shu.ji.n ga i.tsu.mo o se.wa ni na.t.te i.ma.su
我先生一直承蒙您的關照。

6 1度(いちど)お会(あ)いしたいと思(おも)っていました。
i.chi.do o a.i shi.ta.i to o.mo.t.te i.ma.shi.ta
以前就很想見您一面了。

7 お会(あ)いできてとても嬉(うれ)しいです。
o a.i de.ki.te to.te.mo u.re.shi.i de.su
很高興見到您。

8 お目(め)にかかれて光栄(こうえい)です。
o me ni ka.ka.re.te ko.o.e.e de.su
能見到您，真是光榮。

MP3 14

場景 03 久(ひさ)しぶりに会(あ)った 久別重逢

hi.sa.shi.bu.ri ni a.t.ta

1 お久(ひさ)しぶりです。
o hi.sa.shi.bu.ri de.su
好久不見。

2 お変(か)わりありませんか？
o ka.wa.ri a.ri.ma.se.n ka
有沒有什麼改變？

3 お元気(げんき)ですか？
o ge.n.ki de.su ka
還好嗎？

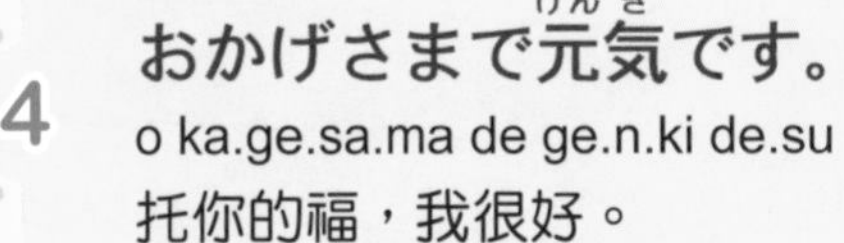

4 おかげさまで元気(げんき)です。
o ka.ge.sa.ma de ge.n.ki de.su
托你的福，我很好。

5 そちらは？
so.chi.ra wa
那你呢？

6 お仕事(しごと)のほうはいかがですか？
o shi.go.to no ho.o wa i.ka.ga de.su ka
工作如何呢？

勉強(べんきょう)	新婚生活(しんこんせいかつ)	恋(こい)
be.n.kyo.o	shi.n.ko.n se.e.ka.tsu	ko.i
學習	新婚生活	戀愛

7 たまには連絡(れんらく)ください。
ta.ma ni wa re.n.ra.ku ku.da.sa.i
偶而請給個聯絡。

天氣與日常的寒暄

「早安」、「午安」、「你好」等，都是台日兩地最基本的招呼語。雖然只道個「早安」、「午安」，不算失禮，但還是令人感覺有些冷淡，所以台灣人還習慣加上「吃飽了沒」等問候語來問候對方。不過這句台灣超典型的招呼語，在日本不僅派不上用場，搞不好還會讓對方會錯意，以為你要請吃飯，否則問這個做什麼呢？

那麼，日本人還喜歡用什麼招呼語來表示問候呢？無庸置疑，那就是與天氣相關的話題囉。例如「**いいお天気ですね**」（< i.i o te.n.ki de.su ne >；天氣真好啊）、「**寒いですね**」（< sa.mu.i de.su ne >；真是冷啊）等等。為什麼是天氣？據稱是因為日本四季分明，大家對天氣的變化較為敏感，再加上日本人頗注重個人隱私，若是一般的交情，招呼多是點到為止，不會太過深入。而天氣這個話題，既不牽涉個人隱私、又不必傷腦筋去想，自然而然成了最普遍的招呼語。

筆者久居日本，還發現到一件有趣的事，那就是盛裝出門在路上碰到鄰居時，即使相當熟稔，也很少人會直接了當問：「你穿那麼漂亮要去哪裡？」，最多只是問：「**お出かけですか？**」（< o de.ka.ke de.su ka >；要出門嗎？），如此一來被問的人，就不需要回答去那裡。即使有些人頗白目，你只要面露微笑回答「**ちょっと……**」（< cho.t.to >；有點事……）即可。雖然讓人感覺很廢話，到底這是見面時的客套話，就不必太過追究有無意義囉。

場景 04 天気（てんき）

MP3 15

1 今日（きょう）は暖（あたた）かいですね。
kyo.o wa a.ta.ta.ka.i de.su ne
今天好暖和啊。

暑（あつ）い	寒（さむ）い	涼（すず）しい
a.tsu.i	sa.mu.i	su.zu.shi.i
熱	冷	涼爽

2 もうすぐ春（はる）ですね。
mo.o.su.gu ha.ru de.su ne
就快要春天了。

夏（なつ）	秋（あき）	冬（ふゆ）
na.tsu	a.ki	fu.yu
夏天	秋天	冬天

3 そろそろ台風（たいふう）の季節（きせつ）ですね。
so.ro.so.ro ta.i.fu.u no ki.se.tsu de.su ne
快是颱風的季節了。

桜（さくら）	鍋（なべ）	紅葉（もみじ）
sa.ku.ra	na.be	mo.mi.ji
櫻花	火鍋	楓葉

4 雪（ゆき）が降（ふ）りそうですね。
yu.ki ga fu.ri.so.o de.su ne
好像快下雪了。

5 雨（あめ）が止（や）まないですね。
a.me ga ya.ma.na.i de.su ne
雨下個不停啊。

6 今日(きょう)は気温(きおん)が高(たか)いですね。

kyo.o wa ki.o.n ga ta.ka.i de.su ne

今天的氣溫真高呢。

湿度(しつど)	不快指数(ふかいしすう)
shi.tsu.do	fu.ka.i shi.su.u
溼度	不舒服指數

7 ようやく晴(は)れましたね。

yo.o.ya.ku ha.re.ma.shi.ta ne

終於放晴了。

8 日差(ひざ)しが強(つよ)いですね。

hi.za.shi ga tsu.yo.i de.su ne

陽光真強啊。

風(かぜ)	雨(あめ)
ka.ze	a.me
風	雨

9 明日(あした)は晴(は)れるそうです。

a.shi.ta wa ha.re.ru so.o de.su

聽說明天會放晴。

曇(くも)る	暑(あつ)くなる	冷(ひ)える
ku.mo.ru	a.tsu.ku.na.ru	hi.e.ru
變陰天	變熱	變冷

10 出(で)かけるときは、傘(かさ)を忘(わす)れないでください。

de.ka.ke.ru to.ki wa ka.sa o wa.su.re.na.i.de ku.da.sa.i

出門時，請別忘了帶傘。

MP3 16

き 気づかい ki.zu.ka.i

關心

1 からだ ぐあい
体の具合はどうですか？
ka.ra.da no gu.a.i wa do.o de.su ka
身體的情況如何？

2 きずぐち だいじょうぶ
傷口はもう大丈夫ですか？
ki.zu.gu.chi wa mo.o da.i.jo.o.bu de.su ka
傷口已經沒問題了嗎？

かぜ 風邪	こし 腰	ひざ 膝
ka.ze	ko.shi	hi.za
感冒	腰	膝蓋

3 なお
すっかり治りました。
su.k.ka.ri na.o.ri.ma.shi.ta
完全康復了。

4 かおいろ
顔色がすぐれないようですね。
ka.o.i.ro ga su.gu.re.na.i yo.o de.su ne
臉色好像不是很好耶。

5 ぐあい わる
どこか具合でも悪いんですか？
do.ko.ka gu.a.i de.mo wa.ru.i n de.su ka
有哪裡不舒服嗎？

6 なに
何かあったんですか？
na.ni ka a.ta n de.su ka
發生了什麼事嗎？

7 しんぱい
あんまり心配しないでください。
a.n.ma.ri shi.n.pa.i.shi.na.i.de ku.da.sa.i
請不要太擔心。

わかれ 別れ wa.ka.re

道別

MP3 17

1 お先に失礼します。(さき / しつれい)

o sa.ki ni shi.tsu.re.e.shi.ma.su

對不起我先走了。

2 お疲れさま。(つか)

o tsu.ka.re.sa.ma

辛苦了（對平輩、長輩用）。

3 ご苦労さま。(くろう)

go ku.ro.o.sa.ma

辛苦了（對平輩、晚輩，或幫忙做事的人用）。

4 また明日。(あした)

ma.ta a.shi.ta

明天見。

5 さようなら。

sa.yo.o.na.ra

再見。

6 連絡を取り合いましょう。(れんらく / と / あ)

re.n.ra.ku o to.ri.a.i.ma.sho.o

保持聯絡吧。

7 ご家族にもよろしくお伝えください。(かぞく / つた)

go ka.zo.ku ni mo yo.ro.shi.ku o tsu.ta.e ku.da.sa.i

也請代我向您的家人問好。

8 お気をつけて。(き)

o ki o tsu.ke.te

請小心慢走。

場景07 祝う（いわ） i.wa.u

祝賀

1 ご結婚（けっこん）おめでとう。
go ke.k.ko.n o.me.de.to.o
恭喜你結婚。

ご昇進（しょうしん）
go sho.o.shi.n
高昇

ご卒業（そつぎょう）
go so.tsu.gyo.o
畢業

合格（ごうかく）
go.o.ka.ku
合格

2 メリークリスマス。
me.ri.i ku.ri.su.ma.su
聖誕快樂。

3 お誕生日（たんじょうび）おめでとう。
o ta.n.jo.o.bi o.me.de.to.o
生日快樂。

4 よいお年（とし）を。
yo.i o to.shi o
請迎接美好的一年（用於年底的祝福語）。

5 あけましておめでとうございます。
a.ke.ma.shi.te o.me.de.to.o go.za.i.ma.su
恭喜新年快樂

6 末永（すえなが）くお幸（しあわ）せに。
su.e.na.ga.ku o shi.a.wa.se ni
祝你永遠幸福。

7 いつまでもお元気（げんき）で。
i.tsu ma.de.mo o ge.n.ki de
祝你永遠健康。

第三單元

一天的生活

場景01 睡醒

場景02 早晨的準備

場景03 通勤・通學

場景04 家事

場景05 回家

場景06 用餐

場景07 洗澡

場景08 電視

場景09 就寢

場景01 目覚め（めざめ） me.za.me 睡醒

1 おはよう。
o.ha.yo.o
早安。

2 よく眠（ねむ）れた？
yo.ku ne.mu.re.ta
睡得好嗎？

3 あんまりよく眠（ねむ）れなかった。
a.n.ma.ri yo.ku ne.mu.re.na.ka.t.ta
睡得不太好。

4 早（はや）く起（お）きなさい。
ha.ya.ku o.ki.na.sa.i
快點起床。

5 もう少（すこ）し寝（ね）させて。
mo.o su.ko.shi ne.sa.se.te
再讓我睡一會兒。

6 あと1 0分（じゅっぷん）。
a.to ju.p.pu.n
再十分鐘。

7 しまった！寝坊（ねぼう）した。
shi.ma.t.ta ne.bo.o.shi.ta
完了！睡過頭了。

8 なんで起（お）こしてくれなかったの？
na.n.de o.ko.shi.te ku.re.na.ka.t.ta no
為什麼不叫我起床？

早晨的準備

MP3 20

1 さっさと顔(かお)を洗(あら)いなさい。
sa.s.sa.to ka.o o a.ra.i.na.sa.i
趕快去洗臉。

歯(は)を磨(みが)き	着(き)替(が)え	ご飯(はん)を食(た)べ
ha o mi.ga.ki	ki.ga.e	go.ha.n o ta.be
刷牙	換衣服	吃飯

2 歯(は)磨(みが)き粉(こ)がない。
ha.mi.ga.ki.ko ga na.i
沒有牙膏。

タオル	ティッシュ	洗顔料(せんがんりょう)
ta.o.ru	ti.s.shu	se.n.ga.n.ryo.o
毛巾	衛生紙	洗面乳

3 何(なに)を着(き)ようかな？
na.ni o ki.yo.o ka na
穿什麼好呢？

4 テレビを見(み)ながら食(た)べないでよ。
te.re.bi o mi.na.ga.ra ta.be.na.i.de yo
不要一邊看電視一邊吃啦。

5 早(はや)くしないと遅刻(ちこく)するよ。
ha.ya.ku shi.na.i to chi.ko.ku.su.ru yo
不快一點，會遲到喔！

6 やばい！もうこんな時間(じかん)！
ya.ba.i mo.o ko.n.na ji.ka.n
糟糕！這麼晚了！

7 早(はや)く行(い)かなくちゃ！
ha.ya.ku i.ka.na.ku.cha
不趕緊出門不行了！

8 忘(わす)れ物(もの)はないよね。
wa.su.re.mo.no wa na.i yo ne
沒忘東西吧。

場景 03 通勤・通学

tsu.u.ki.n tsu.u.ga.ku

1 行ってきます。

i.t.te ki.ma.su

我走囉。

2 行ってらっしゃい。

i.t.te ra.s.sha.i

小心喔。

3 15分の特急電車にぎりぎり間に合った。

ju.u.go.fu.n no to.k.kyu.u de.n.sha ni gi.ri.gi.ri ma.ni.a.t.ta

勉強趕上十五分的特急電車。

快速	急行	普通
ka.i.so.ku	kyu.u.ko.o	fu.tsu.u
快速	急行	普通

4 毎日、電車で通勤しています。

ma.i.ni.chi de.n.sha de tsu.u.ki.n.shi.te i.ma.su

我每天搭電車上下班。

バス	自転車	車
ba.su	ji.te.n.sha	ku.ru.ma
巴士	（騎）腳踏車	（開）車

5 定期券の有効期限が切れてしまいました。

te.e.ki.ke.n no yu.u.ko.o.ki.ge.n ga ki.re.te shi.ma.i.ma.shi.ta

月票的有效期限過期了。

6 通勤時間は約１時間です。

tsu.u.ki.n ji.ka.n wa ya.ku i.chi.ji.ka.n de.su

通勤時間大約一小時。

熱愛泡澡的日本人

喜歡看日劇的朋友，有沒有發現入浴、出浴的鏡頭不少，而且劇中人常在洗澡後，一邊擦頭髮、一邊開冰箱拿啤酒？曾造訪日本的朋友，會不會覺得日本飯店的浴缸又大又深，特別是日式旅館的大澡堂，有沒有讓您留下深刻的印象？而日本市面上販賣的沐浴用品，不論是溫泉粉、沐浴乳、還是洗澡的各種小道具，有沒有讓您眼花撩亂、目不暇給？相信您的答案是肯定的。可見，洗澡在日本人的生活中佔有很大的地位。

雖然一般的日本家庭幾乎都有浴缸，可在家裡享受泡澡的樂趣，但還是有很多日本人覺得不過癮，喜歡去外面的「**銭湯**（せんとう）」（< se.n.to.o >；公共澡堂）或「**健康**（けんこう）**ランド**」（< ke.n.ko.o ra.n.do >；規模、設備、服務更加齊全的沐浴設施）享受更上一層樓的沐浴樂趣。而休假期間，也有不少人專程前往溫泉聖地泡湯呢。因此，說日本人是個熱愛洗澡的民族，一點也不誇張。日本人不僅喜歡洗澡，也很懂得怎麼洗澡。對他們來說，洗澡不單只是為了清潔身體，也是個消除疲勞、放鬆身心的極致享受，甚至還可以說是一種文化呢。有計畫前往日本的朋友，不妨試試日本的澡堂，可是會讓人上癮的。利用日本澡堂時，有幾點要特別注意。第一，不要害羞，畏首畏尾、遮遮掩掩反而很奇怪，更不要學電視，圍一條大毛巾進浴池，頂多是在移動時，用小毛巾遮住下面的部位。第二，必須先將身體先沖洗乾淨，才可以進入浴池泡澡。第三，長髮女孩請把頭髮綁起來，別放任頭髮在浴池裡飄蕩。第四，冲水的時候，小心不要濺到別人。了解這些基本的禮貌，您就可以輕鬆的上日本澡堂囉。

▲對日本人而言，洗澡不只是清潔身體的「行為」，更是犒賞自己的一種「享受」。

家事(かじ)

1 掃除(そうじ)しなきゃ。

so.o.ji.shi.na.kya

不打掃不行了。

2 ついでにゴミを出(だ)してくれる？

tsu.i.de ni go.mi o da.shi.te ku.re.ru

能不能順便幫我倒垃圾？

3 今日(きょう)は可燃(かねん)ゴミの日(ひ)？

kyo.o wa ka.ne.n go.mi no hi

今天是倒可燃垃圾的日子嗎？

不燃(ふねん)	粗大(そだい)	資源(しげん)
fu.ne.n	so.da.i	shi.ge.n
不可燃	大型	資源（回收）

4 アイロン掛(が)けは週末(しゅうまつ)にしよう。

a.i.ro.n.ga.ke wa shu.u.ma.tsu ni shi.yo.o

週末再來燙衣服吧。

窓拭(まどふ)き	雑巾掛(ぞうきんが)け	洗濯(せんたく)
ma.do.fu.ki	zo.o.ki.n.ga.ke	se.n.ta.ku
擦窗戶	擦地板	洗衣服

5 埃(ほこり)がけっこう溜(た)まってるね。

ho.ko.ri ga ke.k.ko.o ta.ma.t.te ru ne

灰塵堆積得真不少啊。

洗濯物(せんたくもの)	洗(あら)い物(もの)	不用品(ふようひん)
se.n.ta.ku.mo.no	a.ra.i.mo.no	fu.yo.o.hi.n
待洗的衣物	待洗的碗盤	沒用的東西

6 洗濯物(せんたくもの)を取(と)り込(こ)んでくれる？

se.n.ta.ku.mo.no o to.ri.ko.n.de ku.re.ru

能替我收衣服嗎？

畳(たた)んで	干(ほ)して
ta.ta.n.de	ho.shi.te
折	曬

7 今夜(こんや)、何(なに)を作(つく)ろうかな？

ko.n.ya na.ni o tsu.ku.ro.o ka na

今晚要做什麼菜呢？

8 食事(しょくじ)の前(まえ)にテーブルを片付(かたづ)けて。

sho.ku.ji no ma.e ni te.e.bu.ru o ka.ta.zu.ke.te

飯前先把桌子收拾乾淨。

9 そろそろ夕食(ゆうしょく)の時間(じかん)よ。

so.ro.so.ro yu.u.sho.ku no ji.ka.n yo

差不多是晚飯的時間囉。

朝食(ちょうしょく)	昼食(ちゅうしょく)	夜食(やしょく)
cho.o.sho.ku	chu.u.sho.ku	ya.sho.ku
早飯	午飯	宵夜

10 今日(きょう)は給料日(きゅうりょうび)だから、寿司(すし)でも取(と)ろうか？

kyo.o wa kyu.u.ryo.o.bi da.ka.ra su.shi de.mo to.ro.o ka

今天是發薪日，要不要叫壽司什麼的？

出前(でまえ)	鰻丼(うなどん)	ピザ
de.ma.e	u.na.do.n	pi.za
外送	鰻魚蓋飯	披薩

帰宅(きたく) ki.ta.ku

回家

1 ただいま。
ta.da.i.ma
我回來了。

2 お帰(かえ)りなさい。
o ka.e.ri.na.sa.i
回來啦。

3 遅(おそ)かったね。
o.so.ka.t.ta ne
這麼晚喔。

4 残業(ざんぎょう)が長引(ながび)いたんだよ。
za.n.gyo.o ga na.ga.bi.i.ta n da yo
因為加班拖太久了。

部活(ぶかつ)	授業(じゅぎょう)	会議(かいぎ)
bu.ka.tsu	ju.gyo.o	ka.i.gi
社團	上課	會議

5 おなかが減(へ)った。
o.na.ka ga he.t.ta
肚子餓了。

6 今日(きょう)の晩(ばん)ご飯(はん)は何(なに)？
kyo.o no ba.n.go.ha.n wa na.ni
今天的晚餐是什麼？

7 お風呂(ふろ)とご飯(はん)どっちを先(さき)にする？
o fu.ro to go.ha.n do.c.chi o sa.ki ni su.ru
要先洗澡還是吃飯？

休息一下！

保護女性的「女性專用車廂」

相信大家早有耳聞日本的「**通勤地獄**」（< tsu.u.ki.n ji.go.ku >；通勤地獄），在日本，每天都有難以數計的上班族或學生從郊區湧向各大都市上班或上學，因此在尖峰時段的電車，總是擁擠不堪，即使乘車率超過200%以上，也毫不為奇。特別擁擠的大站，甚至有專員負責把乘客推進車廂，用「地獄」來形容通勤、通學者的辛酸，的確再恰當也不過了。

在這些異常擁擠的車廂裡，特別是二站相隔較遠的電車，就成了「**痴漢**」（< chi.ka.n >；鹹豬手、色狼）肆虐的溫床，例如連接東京都和千葉縣的「埼京線」、大阪地鐵的「御堂筋線」，就以「電車痴漢」而聞名。

根據調查，日本約有三分之二的女性曾遭受鹹豬手的騷擾，而其中經常遭受騷擾的，也不在少數。雖然行政單位致力檢舉痴漢，也在各處張貼海報以喚起大家的警覺，但在擁擠的車上，實在很難控制痴漢的活動。為了解決這個問題，從二〇〇一年起，各大鐵路公司的通勤路段，相繼開始提供「**女性専用車両**」（< jo.se.e se.n.yo.o sha.ryo.o >；女性專用車廂）的服務。服務時間因鐵道公司或路線而有所不同，大部分是在早上通勤的尖峰時間，也有全天候的路線。至於哪一輛是女性專用車廂、適用時間，可參考月台地板或車廂窗上張貼的標示。

有機會來日本的女性朋友，若不得已必須在尖峰時段搭電車，不妨利用女性專用車廂，既安全，也比較不擁擠。而男性朋友也要注意，不要誤闖女性專用車廂，否則可是會引起眾人的矚目呢。

▲男性誤入專用車廂並沒有強制性的罰則，但是會招致眾人白眼，這樣強大的壓力就足以讓人自動退居其他車廂。

場景06 食事（しょくじ）

MP3 24

1 ご飯（はん）ですよ。
go.ha.n de.su yo
吃飯囉。

2 おいしそう。
o.i.shi.so.o
看起來真好吃。

3 熱（あつ）いうちに食（た）べて。
a.tsu.i u.chi ni ta.be.te
趁熱吃吧。

4 いただきます。
i.ta.da.ki.ma.su
開動。

5 どうぞ召（め）し上（あ）がれ。
do.o.zo me.shi.a.ga.re
請用。

6 ご飯（はん）お代（か）わり。
go.ha.n o ka.wa.ri
我還要一碗飯。

7 大盛（おおも）りにしてね。
o.o.mo.ri ni shi.te ne
添大碗一點喔。

8 唐揚（からあげ）はまだある？
ka.ra.a.ge wa ma.da a.ru
還有炸雞嗎？

9 まだたくさんあるから、どんどん食(た)べて。
ma.da ta.ku.sa.n a.ru ka.ra do.n.do.n ta.be.te
還有很多，所以盡量吃。

10 醤油(しょうゆ)をこぼした。
sho.o.yu o ko.bo.shi.ta
醬油灑了。

11 ティッシュを取(と)ってくれる？
ti.s.shu o to.t.te ku.re.ru
遞一下衛生紙好嗎？

ドレッシング	胡椒(こしょう)	マヨネーズ
do.re.s.shi.n.gu	ko.sho.o	ma.yo.ne.e.zu
沙拉醬	胡椒	美乃滋

12 今日(きょう)の刺身(さしみ)は最高(さいこう)！
kyo.o no sa.shi.mi wa sa.i.ko.o
今天的生魚片好極了！

鍋(なべ)	てんぷら	エビフライ
na.be	te.n.pu.ra	e.bi.fu.ra.i
火鍋	天婦羅	炸蝦

13 ごちそうさま。
go.chi.so.o sa.ma
謝謝，吃飽了。

14 もういいの？
mo.o i.i no
已經夠了嗎？

MP3 25

場景07 入浴(にゅうよく) nyu.u.yo.ku 洗澡

1 疲(つか)れた！早(はや)くお風呂(ふろ)に入(はい)りたい。
tsu.ka.re.ta ha.ya.ku o fu.ro ni ha.i.ri.ta.i
好累！真想趕快泡個澡。

2 湯加減(ゆかげん)はどう？
yu.ka.ge.n wa do.o
洗澡水的溫度如何？

3 お湯(ゆ)が出(で)ない。
o yu ga de.na.i
沒有熱水。

4 先(さき)にシャワーを浴(あ)びるね。
sa.ki ni sha.wa.a o a.bi.ru ne
我先沖個澡喔。

5 シャンプーが切(き)れた。
sha.n.pu.u ga ki.re.ta
洗髮精沒了。

リンス	入浴剤(にゅうよくざい)	ボディソープ
ri.n.su	nyu.u.yo.ku.za.i	bo.di.so.o.pu
潤絲精	入浴劑	沐浴乳

6 お風呂上(ふろあが)りはやっぱり冷(つめ)たいビールでしょう。
o fu.ro a.ga.ri wa ya.p.pa.ri tsu.me.ta.i bi.i.ru de.sho.o
洗完澡後當然是冰涼的啤酒囉。

牛乳(ぎゅうにゅう)	ラムネ	コーラ
gyu.u.nyu.u	ra.mu.ne	ko.o.ra
牛奶	彈珠汽水	可樂

場景 08

テレビ

te.re.bi

電視

MP3 26

1 テレビをつけて。

te.re.bi o tsu.ke.te

把電視打開。

套進去說說看！

ラジオ	電気（でんき）	冷房（れいぼう）
ra.ji.o	de.n.ki	re.e.bo.o
收音機	電燈	冷氣

2 テレビを消（け）して。

te.re.bi o ke.shi.te

把電視關掉。

3 チャンネルを変（か）えてもいい？

cha.n.ne.ru o ka.e.te mo i.i

我可以換台嗎？

4 ７時（しちじ）からの特番（とくばん）がとても楽（たの）しみです。

shi.chi.ji ka.ra no to.ku.ba.n ga to.te.mo ta.no.shi.mi de.su

我非常期待七點開始的特別節目。

ドラマ	映画（えいが）	アニメ
do.ra.ma	e.e.ga	a.ni.me
連續劇	電影	卡通

5 ゴールデンタイムはコマーシャルが多（おお）いね。

go.o.ru.de.n ta.i.mu wa ko.ma.a.sha.ru ga o.o.i ne

黃金時段廣告很多呢。

6 6（ろく）チャンの昼（ひる）ドラを録画（ろくが）してくれた？

ro.ku cha.n no hi.ru.do.ra o ro.ku.ga.shi.te ku.re.ta

幫我錄第六頻道的午間連續劇了嗎？

MP3 27

場景 09 就寢（しゅうしん）

shu.u.shi.n

1 明日（あした）は早（はや）いから先（さき）に寝（ね）るね。

a.shi.ta wa ha.ya.i ka.ra sa.ki ni ne.ru ne

明天得很早（出門），所以先睡囉。

2 お休（やす）みなさい。

o ya.su.mi.na.sa.i

晚安。

3 いびきがうるさい。

i.bi.ki ga u.ru.sa.i

鼾聲真吵。

4 近頃（ちかごろ）、歯（は）ぎしりがひどくなった。

chi.ka.go.ro ha.gi.shi.ri ga hi.do.ku na.t.ta

最近磨牙變得很嚴重。

5 この掛（か）け布団（ぶとん）はかび臭（くさ）い。

ko.no ka.ke.bu.to.n wa ka.bi.ku.sa.i

這個蓋被有霉味。

敷布団（しきぶとん）	毛布（もうふ）	枕（まくら）
shi.ki.bu.to.n	mo.o.fu	ma.ku.ra
墊被	毛毯	枕頭

6 眠（ねむ）いのに眠（ねむ）れない。

ne.mu.i no.ni ne.mu.re.na.i

想睡卻睡不著。

7 いい夢（ゆめ）を見（み）てね。

i.i yu.me o mi.te ne

祝你有個好夢喔。

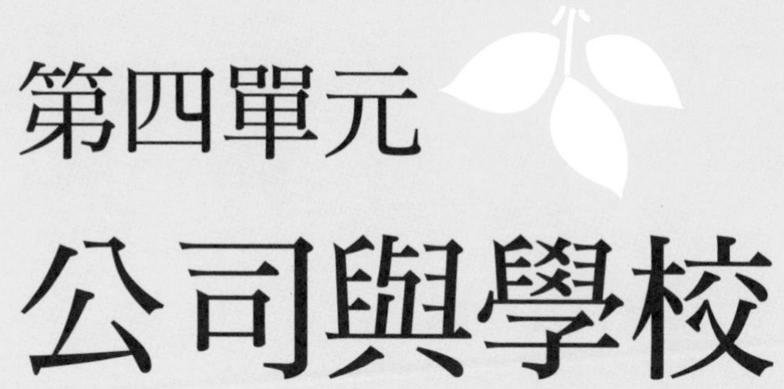

第四單元
公司與學校

場景01 職業

場景02 工作內容

場景03 工作的感想

場景04 上司

場景05 同事・部下

場景06 加班

場景07 下班後

場景08 學校

場景09 校園生活

場景10 打工

場景11 戀愛

MP3 28

場景01 職業（しょくぎょう）
sho.ku.gyo.o

1 小（ち）さい時（とき）から教師（きょうし）になりたかったです。
chi.i.sa.i to.ki ka.ra kyo.o.shi ni na.ri.ta.ka.t.ta de.su
從小就想當老師。

漫画家（まんがか）	医者（いしゃ）	看護士（かんごし）
ma.n.ga.ka	i.sha	ka.n.go.shi
漫畫家	醫生	護士

2 輸入雑貨店（ゆにゅうざっかてん）を経営（けいえい）しています。
yu.nyu.u za.k.ka.te.n o ke.e.e.e.shi.te i.ma.su
我經營進口雜貨店。

リサイクルショップ	花屋（はなや）	コンビニ
ri.sa.i.ku.ru sho.p.pu	ha.na.ya	ko.n.bi.ni
二手商店	花店	便利商店

3 今（いま）は派遣社員（はけんしゃいん）です。
i.ma wa ha.ke.n sha.i.n de.su
目前是派遣員工。

契約社員（けいやくしゃいん）	パート	バイト
ke.e.ya.ku sha.i.n	pa.a.to	ba.i.to
契約員工	計時工作者	打工

4 今（いま）ちょうど仕事（しごと）を探（さが）しているところです。
i.ma cho.o.do shi.go.to o sa.ga.shi.te i.ru to.ko.ro de.su
現在正在找工作。

5 転職（てんしょく）しようかどうか迷（まよ）っています。
te.n.sho.ku.shi.yo.o ka do.o ka ma.yo.t.te i.ma.su
我正猶豫要不要換工作。

仕事(しごと)の内容(ないよう)

shi.go.to no na.i.yo.o

工作內容

MP3 29

1 主(おも)な仕事(しごと)はデザインです。

o.mo.na shi.go.to wa de.za.i.n de.su

主要的工作是設計。

編集(へんしゅう)	資料作成(しりょうさくせい)	データ入力(にゅうりょく)
he.n.shu.u	shi.ryo.o sa.ku.se.e	de.e.ta nyu.u.ryo.ku
編輯	製作資料	資料輸入

2 そのほかに通訳(つうやく)もします。

so.no ho.ka ni tsu.u.ya.ku mo shi.ma.su

其他也做口譯。

簿記(ぼき)	接客(せっきゃく)	現金管理(げんきんかんり)
bo.ki	se.k.kya.ku	ge.n.ki.n ka.n.ri
簿記	接待客戶	現金管理

3 この仕事(しごと)には栄養士(えいようし)の資格(しかく)が必要(ひつよう)です。

ko.no shi.go.to ni wa e.e.yo.o.shi no shi.ka.ku ga hi.tsu.yo.o de.su

這工作需要營養師的資格。

介護士(かいごし)	保育士(ほいくし)	薬剤師(やくざいし)
ka.i.go.shi	ho.i.ku.shi	ya.ku.za.i.shi
看護員	保育員	藥劑師

4 まだまだ見習(みなら)いです。

ma.da ma.da mi.na.ra.i de su

還在見習。

5 いつかこの業界(ぎょうかい)のトップに立(た)ちたいです。

i.tsu.ka ko.no gyo.o.ka.i no to.p.pu ni ta.chi.ta.i de su

希望有一天成為業界的佼佼者。

場景03 仕事の感想（しごと　かんそう）

shi.go.to no ka.n.so.o

工作的感想

1 自分（じぶん）の仕事（しごと）が好（す）きですか？

ji.bu.n no shi.go.to ga su.ki de.su ka

喜歡自己的工作嗎？

2 ええ、とてもやりがいがあります。

e.e to.te.mo ya.ri.ga.i ga a.ri.ma.su

嗯，非常具有挑戰性。

3 すごくきつそうですが……。

su.go.ku ki.tsu.so.o de.su ga

雖然看起來好像很吃力……。

4 不満（ふまん）がないといえば、嘘（うそ）になります。

fu.ma.n ga na.i to i.e.ba u.so ni na.ri.ma.su

說沒有不滿，是騙人的。

5 なんだか退屈（たいくつ）です。

na.n.da.ka ta.i.ku.tsu de.su

總覺得很無聊。

6 たまには疲（つか）れを感（かん）じるけど……。

ta.ma.ni wa tsu.ka.re o ka.n.ji.ru ke.do

雖然偶而會感到疲倦……。

プレッシャー	無力（むりょく）	不安（ふあん）
pu.re.s.sha.a	mu.ryo.ku	fu.a.n
壓力	無力	不安

7 儲（もう）からないから、やめようと思（おも）っています。

mo.o.ka.ra.na.i ka.ra ya.me.yo.o to o.mo.t.te i.ma.su

因為不賺錢，正想不做了。

場景 04

上司(じょうし)
jo.o.shi

MP3 31

1 新(あたら)しい上司(じょうし)はどうですか？
a.ta.ra.shi.i jo.o.shi wa do.o de.su ka
新的上司如何呢？

2 理想(りそう)の上司(じょうし)です。
ri.so.o no jo.o.shi de.su
是理想的上司。

すばらしい	面白(おもしろ)い	厳(きび)しい
su.ba.ra.shi.i	o.mo.shi.ro.i	ki.bi.shi.i
很棒的	有趣的	嚴格的

3 いつもスタッフのことを気(き)にかけています。
i.tsu.mo su.ta.f.fu no ko.to o ki ni ka.ke.te i.ma.su
總是很關心員工。

4 部下(ぶか)からの評価(ひょうか)が高(たか)いです。
bu.ka ka.ra no hyo.o.ka ga ta.ka.i de.su
部下給的評價很高。

5 全(まった)く融通(ゆうずう)がききません。
ma.t.ta.ku yu.u.zu.u ga ki.ki.ma.se.n
完全不知變通。

6 相性(あいしょう)が悪(わる)いかもしれません。
a.i.sho.o ga wa.ru.i ka.mo shi.re.ma.se.n
或許八字不合。

7 リーダーとして、何(なに)かが欠(か)けていると思(おも)います。
ri.i.da.a to shi.te na.ni ka ga ka.ke.te i.ru to o.mo.i.ma.su
身為領導者，我想欠缺了些什麼。

場景05 同僚・部下（どうりょう ぶか）

do.o.ryo.o bu.ka

同事・部下

1 田中（たなか）は会社（かいしゃ）の同期（どうき）です。
ta.na.ka wa ka.i.sha no do.o.ki de.su
田中是公司的同期。

先輩（せんぱい）	後輩（こうはい）	部下（ぶか）
se.n.pa.i	ko.o.ha.i	bu.ka
前輩	後進	部下

2 新人（しんじん）だけど、一緒（いっしょ）に働（はたら）きやすいです。
shi.n.ji.n da.ke.do i.s.sho.ni ha.ta.ra.ki.ya.su.i de.su
雖是新人，在一起很好工作。

3 彼（かれ）はとても有能（ゆうのう）で、後輩（こうはい）たちに慕（した）われています。
ka.re wa to.te.mo yu.u.no.o de ko.o.ha.i.ta.chi ni shi.ta.wa.re.te i.ma.su
他非常有才能，所以備受晚輩的仰慕。

4 同期（どうき）の早川（はやかわ）は部長（ぶちょう）に昇進（しょうしん）するそうです。
do.o.ki no ha.ya.ka.wa wa bu.cho.o ni sho.o.shi.n.su.ru so.o de.su
同一期的早川聽說要晉昇部長。

課長（かちょう）	係長（かかりちょう）	主任（しゅにん）
ka.cho.o	ka.ka.ri.cho.o	shu.ni.n
課長	股長	主任

5 会社（かいしゃ）の人間関係（にんげんかんけい）は大変（たいへん）です。
ka.i.sha no ni.n.ge.n ka.n.ke.e wa ta.i.he.n de.su
公司的人際關係很麻煩。

6 部下（ぶか）の面倒（めんどう）をみるのは上司（じょうし）の務（つと）めです。
bu.ka no me.n.do.o o mi.ru no wa jo.o.shi no tsu.to.me de.su
照顧部下是上司的職責。

ざんぎょう 残業 za.n.gyo.o

加班

MP3 33

1 先月(せんげつ)は50時間(ごじゅうじかん)も残業(ざんぎょう)しました。
se.n.ge.tsu wa go.ju.u.ji.ka.n mo za.n.gyo.o.shi.ma.shi.ta
上個月竟加班了五十小時。

2 残業(ざんぎょう)を減(へ)らしたいです。
za.n.gyo.o o he.ra.shi.ta.i de.su
很想減少加班。

3 必要(ひつよう)なら、残業(ざんぎょう)するしかないです。
hi.tsu.yo.o na.ra za.n.gyo.o.su.ru shi.ka na.i de.su
必要的話，只好加班了。

4 不景気(ふけいき)で、残業手当(ざんぎょうてあて)が減(へ)りました。
fu.ke.e.ki de za.n.gyo.o te.a.te ga he.ri.ma.shi.ta
因為不景氣，加班津貼減少了。

扶養(ふよう)	通勤(つうきん)	役付(やくづき)
fu.yo.o	tsu.u.ki.n	ya.ku.zu.ki
扶養	通勤	職務

5 残業届(ざんぎょうとど)けを出(だ)しましたか？
za.n.gyo.o to.do.ke o da.shi.ma.shi.ta ka
提出加班申請單了嗎？

欠席(けっせき)	外出(がいしゅつ)	早退(そうたい)
ke.s.se.ki	ga.i.shu.tsu	so.o.ta.i
缺席	外出	早退

6 サービス残業(ざんぎょう)とただ働(ばたら)きは一緒(いっしょ)です。
sa.a.bi.su za.n.gyo.o to ta.da.ba.ta.ra.ki wa i.s.sho de.su
沒錢的加班和做白工一樣。

MP3 34

場景 07 仕事帰り(しごとがえり) 下班後

shi.go.to ga.e.ri

1

ようやく仕事(しごと)が終(お)わった。

yo.o.ya.ku shi.go.to ga o.wa.t.ta

工作終於做完了。

2

仕事(しごと)が終(お)わったあとの1杯(いっぱい)は唯一(ゆいいつ)の楽(たの)しみです。

shi.go.to ga o.wa.t.ta a.to no i.p.pa.i wa yu.i.i.tsu no ta.no.shi.mi de.su

工作後喝杯酒，是唯一的樂趣。

3

いつも寄(よ)り道(みち)しないで家(うち)に帰(かえ)ります。

i.tsu.mo yo.ri.mi.chi.shi.na.i de u.chi ni ka.e.ri.ma.su

我總是不繞去別的地方就回家。

4

週(しゅう)1回(いっかい)ジムに通(かよ)っています。

shu.u i.k.ka.i ji.mu ni ka.yo.t.te i.ma.su

一星期去一次健身房。

英会話(えいかいわ)スクール	エステ	料理教室(りょうりきょうしつ)
e.e.ka.i.wa su.ku.u.ru	e.su.te	ryo.o.ri kyo.o.shi.tsu
英文會話補習班	護膚中心	烹飪教室

5

夕食(ゆうしょく)はいつも帰宅途中(きたくとちゅう)で済(す)ませます。

yu.u.sho.ku wa i.tsu.mo ki.ta.ku to.chu.u de su.ma.se.ma.su

晚餐總是在回家的路上解決。

6

帰(かえ)りによくスーパーに寄(よ)ります。

ka.e.ri ni yo.ku su.u.pa.a ni yo.ri.ma.su

回家途中經常繞去超市。

デパート	居酒屋(いざかや)	本屋(ほんや)
de.pa.a.to	i.za.ka.ya	ho.n.ya
百貨公司	居酒屋	書店

休息一下！

日本公司的四大宴會

在台灣，每年年終將近，老闆們就會舉辦「尾牙」犒賞員工並連絡感情。雖然名目不同，日本也有類似的例行聚宴，那就是年終的「**忘年会**」（< bo.o.ne.n.ka.i >；忘年會）、年初的「**新年会**」（< shi.n.ne.n.ka.i >；新年會）、迎接新進員工的「**歓迎会**」（< ka.n.ge.e.ka.i >；歡迎會），以及歡送離職或調職同事的「**送別会**」（< so.o.be.tsu.ka.i >；送別會）。很多日本上班族，原本就喜歡在下班後喝一杯，再加上有酒精的加持，大家比較放得開，所以這些宴會，大多數都會選在居酒屋這些有酒類助興的地方來舉辦。

每到了這些宴會的季節，各地的居酒屋無不競相推出各種附有「**飲み放題**」（< no.mi.ho.o.da.i >；喝到飽）的宴會菜單來吸引顧客。而各家公司的「**幹事**」（< ka.n.ji>；負責舉辦宴會的人，一般多由公司資歷最淺的員工擔任）也得四處打聽哪家酒好料好又便宜（這四大宴會的費用，大致上都是員工們平均分攤），並盡早安排，否則在宴會的旺季中，口碑好的居酒屋真的是一位難求。

在這裡為大家特別介紹一下，為什麼負責安排宴會的幹事們，多由資歷最淺的員工擔任呢？這是因為幹事除了找地點、訂位，還得負責宴會中的一切瑣事，包括替長官倒酒、炒熱氣氛的表演。這麼吃力、犧牲形象的工作，當然是由資淺的後輩來做囉。

▲忘年會的促銷菜單，強打好酒好菜物超所值！

場景08 学校（がっこう）
ga.k.ko.o

MP3 35

1 子供（こども）は近（ちか）くの小学校（しょうがっこう）に通（かよ）っています。
ko.do.mo wa chi.ka.ku no sho.o.ga.k.ko.o ni ka.yo.t.te i.ma.su
小孩就讀於附近的小學。

中学校（ちゅうがっこう）	幼稚園（ようちえん）	保育園（ほいくえん）
chu.u.ga.k.ko.o	yo.o.chi.e.n	ho.i.ku.e.n
中學	幼稚園	托兒所

2 私（わたし）は短期大学（たんきだいがく）の学生（がくせい）です。
wa.ta.shi wa ta.n.ki da.i.ga.ku no ga.ku.se.e de.su
我是短期大學的學生。

専門学校（せんもんがっこう）	大学（だいがく）	定時制高校（ていじせいこうこう）
se.n.mo.n ga.k.ko.o	da.i.ga.ku	te.e.ji.se.e ko.o.ko.o
專科學校	大學	定時制高中

3 新学期（しんがっき）はいつから始（はじ）まりますか?
shi.n.ga.k.ki wa i.tsu ka.ra ha.ji.ma.ri.ma.su ka
新學期從什麼時候開始？

春休（はるやす）み	夏休（なつやす）み	冬休（ふゆやす）み
ha.ru.ya.su.mi	na.tsu.ya.su.mi	fu.yu.ya.su.mi
春假	暑假	寒假

4 毎月（まいつき）の授業料（じゅぎょうりょう）はばかになりません。
ma.i.tsu.ki no ju.gyo.o.ryo.o wa ba.ka ni na.ri.ma.se.n
每個月的學費不容小覷。

教材費（きょうざいひ）	雑費（ざっぴ）	生活費（せいかつひ）
kyo.o.za.i.hi	za.p.pi	se.e.ka.tsu.hi
教材費	雜費	生活費

場景09 キャンパスライフ 校園生活
kya.n.pa.su ra.i.fu

MP3 36

1 ボランティアサークルに入（はい）っています。
bo.ra.n.ti.a sa.a.ku.ru ni ha.i.t.te i.ma.su
加入了義工的社團。

茶道（さどう）	手話（しゅわ）	ダンス
sa.do.o	shu.wa	da.n.su
茶道	手語	舞蹈

2 週末（しゅうまつ）に女子校（じょしこう）と合（ごう）コンがあるけど、行（い）かない？
shu.u.ma.tsu ni jo.shi.ko.o to go.o.ko.n ga a.ru ke.do i.ka.na.i
週末和女校有聯誼，要不要去？

3 もうすぐ期末（きまつ）テストです。
mo.o.su.gu ki.ma.tsu.te.su.to de.su
就快要期末考了。

4 また徹夜（てつや）しなければなりません。
ma.ta te.tsu.ya.shi.na.ke.re.ba na.ri.ma.se.n
不熬夜又不行了。

5 授業（じゅぎょう）をさぼってはいけません。
ju.gyo.o o sa.bo.t.te wa i.ke.ma.se.n
不可以蹺課。

6 不覚（ふかく）にも日本史（にほんし）の単位（たんい）を落（お）としてしまった。
fu.ka.ku ni mo ni.ho.n.shi no ta.n.i o o.to.shi.te shi.ma.t.ta
不小心，日本史的學分被當了。

7 公立（こうりつ）だから学費（がくひ）はなんとかなります。
ko.o.ri.tsu da.ka.ra ga.ku.hi wa na.n.to.ka na.ri.ma.su
因為是公立，學費還不成問題。

場景10 アルバイト（バイト） 打工

a.ru.ba.i.to（ba.i.to）

MP3 37

1

仕送(しおく)りだけでは足(た)りません。

shi.o.ku.ri da.ke de wa ta.ri.ma.se.n

光靠家裡送來的生活費不夠。

奨学金(しょうがくきん)	お小遣(こづか)い
sho.o.ga.ku.ki.n	o ko.zu.ka.i
獎學金	零用錢

2

ファーストフードでバイトしています。

fa.a.su.to.fu.u.do de ba.i.to.shi.te i.ma.su

在速食店打工。

ガソリンスタンド	ファミレス	遊園地(ゆうえんち)
ga.so.ri.n.su.ta.n.do	fa.mi.re.su	yu.u.e.n.chi
加油站	家庭餐廳	遊樂園

3

時給(じきゅう)はまあまあです。

ji.kyu.u wa ma.a ma.a de.su

時薪馬馬虎虎。

日給(にっきゅう)	月給(げっきゅう)	年収(ねんしゅう)
ni.k.kyu.u	ge.k.kyu.u	ne.n.shu.u
日薪	月薪	年薪

4

交通費(こうつうひ)も付(つ)いています。

ko.o.tsu.u.hi mo tsu.i.te i.ma.su

也附交通費。

賄(まかな)い	休日手当(きゅうじつてあて)	制服(せいふく)
ma.ka.na.i	kyu.u.ji.tsu.te.a.te	se.e.fu.ku
伙食	假日津貼	制服

日本的升學情事

日本的升學壓力和台灣相比，可說是有過之而無不及，日本有個形容詞叫「**受験戦争**」（< ju.ke.n se.n.so.o >；應試戰爭），用來描述考生升學競爭的熾烈，再貼切也不過了。

在日本，為了讓孩子考上理想的學校，很多家長會送子女到「**学習塾**」（< ga.ku.shu.u ju.ku >；補習班）或「**予備校**」（< yo.bi.ko.o >；升大學的補習班，也包括重考班）補習。其中也有很多小孩，為了進入理想的「**中高一貫校**」（< chu.u.ko.o i.k.ka.n.ko.o >；國中高中一貫制學校，即考進初中後，可免試直升高中），從小學三、四年級就開始補習。而設有幼稚園部或小學部的學校，考生的年齡更是提早。

在這裡要特別為大家介紹的是「**偏差値**」（< he.n.sa.chi >；偏差值）這個令考生非常敏感的語辭。日本一般以「偏差值」作為衡量學力的標準，偏差值落點越高，表示學力越強。而應考學校的偏差值，則表示該學校學生的平均學力。由於偏差值低於全國平均學力的學校，表示日後應考公立或一流私立大學可能要經過一番惡戰苦鬥，因此一般考生在選擇應考學校時，偏差值可說是不可或缺的參考依據。同時，考生們也必須非常努力來提升自己的偏差值以便考上好學校。

這麼辛苦，大部分都是為了終極目標，考上好大學，以便找到好工作，當然其中亦包括仰慕該校傳統優良校風等理由而應考的，這點台日兩地也是共通沒有差別。

◀日本街頭的補習班。根據2008年文部省的調查顯示，有66.5%的家長「對於『只在學校學習』的教育感到不安」。

れんあい
恋愛

1 いま かれし し あ
今の彼氏とはどうやって知り合いましたか？
i.ma no ka.re.shi to wa do.o ya.t.te shi.ri.a.i.ma.shi.ta ka
和現在的男朋友是怎麼認識的呢？

2 まち
街でナンパされたんです。
ma.chi de na.n.pa.sa.re.ta n de.su
在街上被搭訕的。

3 ゆうじん しょうかい こうさい はじ
友人の紹介で交際が始まりました。
yu.u.ji.n no sho.o.ka.i de ko.o.sa.i ga ha.ji.ma.ri.ma.shi.ta
透過朋友的介紹開始交往的。

しゃないりょこう 社内旅行 sha.na.i.ryo.ko.o 公司旅遊	み あ お見合い o mi.a.i 相親	メールのやりとり me.e.ru no ya.ri.to.ri 電子郵件往返

4 ひと
どんな人がタイプですか？
do.n.na hi.to ga ta.i.pu de.su ka
哪種人是（你喜歡的）類型？

5 やさ ひと
優しい人がすきです。
ya.sa.shi.i hi.to ga su.ki de.su
我喜歡溫柔的人。

たくま 逞しい ta.ku.ma.shi.i 體格健壯的	かっこいい ka.k.ko.i.i 帥氣的	たの 頼もしい ta.no.mo.shi.i 可靠的

6 わたし めんく
私は面食いです。
wa.ta.shi wa me.n.ku.i de.su
我很注重外表。

7 昨日(きのう)、勇治君(ゆうじくん)に告白(こくはく)された。
ki.no.o yu.u.ji ku.n ni ko.ku.ha.ku.sa.re.ta
昨天勇治對我告白了。

8 タイプじゃないから断(ことわ)りました。
ta.i.pu ja na.i ka.ra ko.to.wa.ri.ma.shi.ta
不是我喜歡的類型，所以拒絕了。

9 あんな二枚目(にまいめ)を断(ことわ)るなんて……。
a.n.na ni.ma.i.me o ko.to.wa.ru na.n te
竟然拒絕那樣的帥哥……。

10 彼女(かのじょ)に二股(ふたまた)をかけられました。
ka.no.jo ni fu.ta.ma.ta o ka.ke.ra.re.ma.shi.ta
被她腳踏兩條船了。

11 彼(かれ)は浮気性(うわきしょう)です。
ka.re wa u.wa.ki.sho.o de.su
他外遇成性。

12 もう分(わ)かれるしかないでしょう。
mo.o wa.ka.re.ru shi.ka na.i de.sho.o
只有分手了。

13 ついこの間(あいだ)、彼女(かのじょ)に振(ふ)られてしまいました。
tsu.i ko.no a.i.da ka.no.jo ni fu.ra.re.te shi.ma.i.ma.shi.ta
就在最近，被她甩了。

14 また恋(こい)に落(お)ちてしまいました。
ma.ta ko.i ni o.chi.te shi.ma.i.ma.shi.ta
我又墜入愛河了。

日本大學生的就業活動

像日本那樣，企業每年定期招考應屆畢業生、學生們在就學期間，便開始「**就職活動**」（< shu.u.sho.ku ka.tsu.do.o >；就業活動，簡稱「就活」），而且在畢業前，就得到「**內定**」（< na.i.te.e >；公司內部承諾任用的決定）的國家並不多見，這可說是日本特有的現象，也是日本企業特有的文化。

近年來因景氣不佳，日本企業聘用具有速戰能力轉職者雖有明顯的增加趨勢，但大企業還是偏好招聘純粹如白紙的應屆畢業生，因為比較容易訓練與培養。由於大企業一次招募的人數非常眾多，再加上為了爭奪優秀的人才，往往會在很早的階段就開始招聘，手腳快的學生，大致在大三的第二學期就會展開就業活動。通常他們是先參加各公司舉辦的說明會、拜訪畢業的學長學姊來蒐集情報，再篩選自己有興趣的公司，進而申請應考資料。因為大公司的招考手續相當繁複，不是一二次的筆試、面試就可解決，所以整個就職活動的過程，可說是相當耗神與費時。

此外，還有一個很特別的光景值得向大家介紹，那就是每逢就職活動的時節，便可發現街上有很多年輕人身著黑色、灰色很像制服的保守型套裝，這就是所謂的「**就活スーツ**」（< shu.u.ka.tsu su.u.tsu >；就業活動套裝），參加就職活動的學生們，為了留下好印象，不論是說明會、公司拜訪、面試，甚至錄取後的新人訓練，都得穿這種套裝，對我們台灣人來說，是不是個很罕見的光景呢？

▲日本大學生的就職活動從大三就開始進行，順利的話在畢業前就可以確定未來任職的公司。

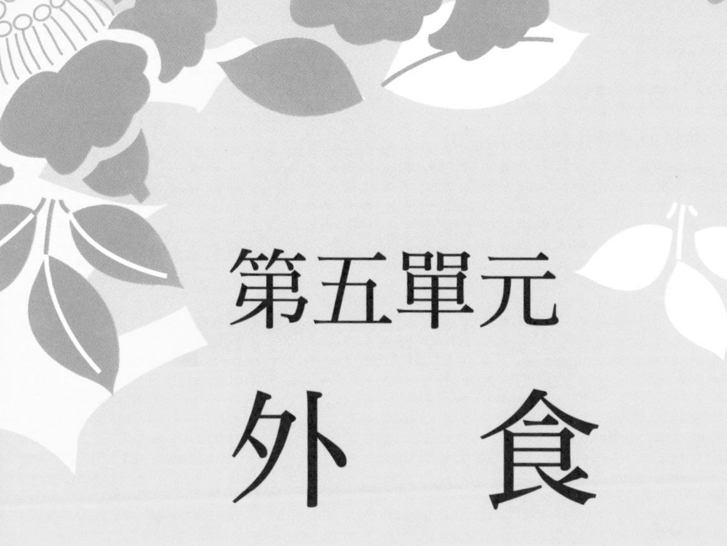

第五單元
外　食

場景01 哪種料理好呢？
場景02 進餐廳
場景03 點菜
場景04 料理來了之後
場景05 不滿
場景06 飯後
場景07 結帳
場景08 飲酒

場景 01 どんな料理(りょうり)がいい？

MP3 39

1 何(なに)か食(た)べたいものはありますか？
na.ni ka ta.be.ta.i mo.no wa a.ri.ma.su ka
有什麼想吃的東西嗎？

2 蕎麦(そば)を食(た)べたことがありますか？
so.ba o ta.be.ta ko.to ga a.ri.ma.su ka
吃過蕎麥麵嗎？

回転寿司(かいてんずし)	もつ鍋(なべ)	すき焼(や)き
ka.i.te.n zu.shi	mo.tsu na.be	su.ki.ya.ki
迴轉壽司	內臟鍋	壽喜燒

懐石料理(かいせきりょうり)を食(た)べてみたいです。
ka.i.se.ki ryo.o.ri o ta.be.te mi.ta.i de.su
想吃吃看懷石料理。

エスニック	郷土(きょうど)	精進(しょうじん)
e.su.ni.k.ku	kyo.o.do	sho.o.ji.n
民族	鄉土	素食

4 1番好(いちばんす)きな和食(わしょく)は天(てん)ぷらです。
i.chi.ba.n su.ki.na wa.sho.ku wa te.n.pu.ra de.su
最喜歡的和食是天婦羅。

串焼(くしや)き	豚(とん)カツ	お好(この)み焼(やき)
ku.shi.ya.ki	to.n.ka.tsu	o.ko.no.mi.ya.ki
串燒	炸豬排	什錦燒

5 食(た)べられないものはありますか？
ta.be.ra.re.na.i mo.no wa a.ri.ma.su ka
有不能吃的東西嗎？

6 牛肉（ぎゅうにく）以外（いがい）なら、何（なん）でも食（た）べられます。

gyu.u.ni.ku i.ga.i na.ra na.n.de.mo ta.be.ra.re.ma.su

牛肉之外的話，什麼都能吃。

刺身（さしみ）	鰻（うなぎ）	納豆（なっとう）
sa.shi.mi	u.na.gi	na.t.to.o
生魚片	鰻魚	納豆

7 生物（なまもの）は苦手（にがて）です。

na.ma.mo.no wa ni.ga.te de.su

我怕生的東西。

脂（あぶら）っこい	甘（あま）い	辛（から）い
a.bu.ra.k.ko.i	a.ma.i	ka.ra.i
油膩的	甜的	辣的

8 この辺（へん）においしいラーメン屋（や）さんはありますか？

ko.no he.n ni o.i.shi.i ra.a.me.n ya sa.n wa a.ri.ma.su ka

這附近有好吃的拉麵店嗎？

9 焼肉（やきにく）なら、この店（みせ）がおすすめです。

ya.ki.ni.ku na.ra ko.no mi.se ga o.su.su.me de.su

燒肉的話，很推薦這家店。

釜飯（かまめし）	しゃぶしゃぶ	もんじゃ焼（や）き
ka.ma.me.shi	sha.bu.sha.bu	mo.n.ja.ya.ki
鍋燒飯	涮涮鍋	文字燒

場景02 レストランに入る（はい）進餐廳

re.su.to.ra.n ni ha.i.ru

1 何名様（なんめいさま）ですか？
na.n.me.e sa.ma de.su ka
有幾位呢？

2 座敷席（ざしきせき）とテーブル席（せき）のどちらになさいますか？
za.shi.ki se.ki to te.e.bu.ru se.ki no do.chi.ra ni na.sa.i.ma.su ka
您要榻榻米房間的位子還是桌席呢？

禁煙席（きんえんせき）
ki.n.e.n se.ki
禁菸席

喫煙席（きつえんせき）
ki.tsu.e.n se.ki
吸菸席

3 個室（こしつ）はありますか？
ko.shi.tsu wa a.ri.ma.su ka
有包廂嗎？

4 窓際（まどぎわ）の席（せき）をお願（ねが）いしたいんですが……。
ma.do.gi.wa no se.ki o o ne.ga.i shi.ta.i n de.su ga
我想麻煩你靠窗的位子……。

5 ただいま満席（まんせき）です。
ta.da.i.ma ma.n se.ki de.su
目前客滿。

6 どれぐらい待（ま）ちますか？
do.re.gu.ra.i ma.chi.ma.su ka
要等多久呢？

7 相席（あいせき）でもよろしいですか？
a.i.se.ki de.mo yo.ro.shi.i de.su ka
同坐一桌可以嗎？

日本的百貨公司，是齊聚日本美食的天堂

日本料理琳瑯滿目，不論是華美的宴客料理、還是普羅大眾的平價美味都各有千秋，值得一試。雖然日本料理在台灣已相當普遍，但還是有許多食材、許多口味、許多吃法，對台灣的朋友來說很陌生。因此，若有機會到日本一遊，不妨前往百貨公司的美食街觀摩考察一番，相信能讓您眼睛為之一亮。特別是像高島屋、SOGO、伊勢丹、三越、大丸等大型百貨頂樓的美食街，就匯集了許多著名老字號或超人氣名店，光是瀏覽櫥窗的樣品，就等於上了一堂日本美食基礎課程。雖然價格略高，但還合理，比專程前往那些老字號或人氣店的本店要實惠多了。如果您的預算不多，建議在平日的午餐時間前往。這時候，每家餐廳幾乎都有特價的午間套餐，和外面飲食店的價格相差不多。除了頂樓，也別忘了去俗稱「**デパ地下**」（< de.pa.chi.ka >；地下食品賣場）挖寶。不論是「**スイーツ**」（< su.i.i.tsu >；甜點）、「**惣菜**」（< so.o.za.i >；熟食）、「**弁当**」（< be.n.to.o >；便當）、「**飲み物**」（< no.mi.mo.no >；飲料），還是「**ベーカリー**」（< be.e.ka.ri.i >；麵包糕餅）貨色都很豐富而且有一定的水準。大部分的地下賣場也都設有「**イートインコーナー**」（< i.i.to i.n ko.o.na.a >；內用的座席），要是忍不住，也能就近享用。在這裡介紹大家一個省錢的撇步，在關店前的一小時左右，各個攤位就會開始折價傾銷當日的商品，特別是壽司、熟食類，因為沒賣完，就得丟棄，因此往往可以買到半價甚至以上的商品。若想節省旅費，不妨參考一下喔。

▶百貨公司美食街商品種類豐富，某些攤位還可以試吃，有時還可以品嚐到價格不斐的珍品呢！

MP3 41

場景 03 ちゅうもん 注文

1 メニューをください。
me.nyu.u o ku.da.sa.i
請給我菜單。

おしぼり	はいざら 灰皿	と　ざら 取り皿
o.shi.bo.ri	ha.i.za.ra	to.ri.za.ra
手巾	菸灰缸	小盤子

ちゅうもん
注文してもいいですか？
chu.u.mo.n.shi.te mo i.i de.su ka
可以點菜了嗎？

3
りょう り
おすすめの料理はなんですか？
o.su.su.me no ryo.o.ri wa na.n de.su ka
推薦料理是什麼呢？

4
や　ざかなていしょく
焼き魚定食をください。
ya.ki.za.ka.na te.e.sho.ku o ku.da.sa.i
請給我烤魚定食。

5
わたし　はな
私はこの華コースにします。
wa.ta.shi wa ko.no ha.na ko.o.su ni shi.ma.su
我要點這個華套餐。

6
ひと　ついか
カルビをもう１つ追加します。
ka.ru.bi o mo.o hi.to.tsu tsu.i.ka.shi.ma.su
還要追加一份牛五花肉。

7
はん　おおもり　ねが
ご飯は大盛でお願いします。
go.ha.n wa o.o.mo.ri de o ne.ga.i shi.ma.su
麻煩你，飯要大碗的。

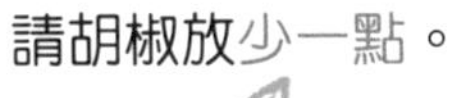

8 胡椒(こしょう)を少(すく)なめにしてください。
ko.sho.o o su.ku.na.me ni shi.te ku.da.sa.i
請胡椒放少一點。

多(おお)め
o.o.me
多一點

9 にんにくを入(い)れないでください。
ni.n.ni.ku o i.re.na.i.de ku.da.sa.i
請不要放蒜頭。

山葵(わさび)	葱(ねぎ)	唐辛子(とうがらし)
wa.sa.bi	ne.gi	to.o.ga.ra.shi
芥末	蔥	辣椒

サラダはどちらになさいますか？
sa.ra.da wa do.chi.ra ni na.sa.i.ma.su ka
您要選哪種沙拉呢？

メインディッシュ	ドレッシング	デザート
me.i.n.di.s.shu	do.re.s.shi.n.gu	de.za.a.to
主菜	沙拉醬	甜點

11 ご注文(ちゅうもん)は以上(いじょう)でよろしいですか？
go chu.u.mo.n wa i.jo.o de yo.ro.shi.i de.su ka
以上點的就好了嗎？

12 お飲(の)み物(もの)は今(いま)お持(も)ちしますか、食後(しょくご)になさいますか？
o no.mi.mo.no wa i.ma o mo.chi shi.ma.su ka sho.ku.go ni na.sa.i.ma.su ka
飲料要現在拿過來、還是餐後呢？

13 注文を替えてもいいですか？
chu.u.mo.n o ka.e.te mo i.i de.su ka
點的菜可以更換嗎？

14 チーズバーガーセットを2つください。
chi.i.zu.ba.a.ga.a se.t.to o fu.ta.tsu ku.da.sa.i
請給我二份起士漢堡套餐。

ホットドッグ	ビッグマック	チキンサンド
ho.t.to.do.g.gu	bi.g.gu.ma.k.ku	chi.ki.n.sa.n.do
熱狗	大麥克	雞肉三明治

15 こちらでお召し上がりですか？
ko.chi.ra de o me.shi.a.ga.ri de.su ka
在這裡用嗎？

16 持ち帰りです。
mo.chi.ka.e.ri de.su
帶走。

17 コーラのサイズはどうなさいますか？
ko.o.ra no sa.i.zu wa do.o na.sa.i.ma.su ka
可樂的大小要如何呢？

18 ミルクはいりません。
mi.ru.ku wa i.ri.ma.se.n
不要奶精。

シロップ	氷	砂糖
shi.ro.p.pu	ko.o.ri	sa.to.o
糖漿	冰塊	砂糖

善用折價券，享用美食也可以打折

在日本車站、便利商店或超市，常設有專櫃擺放一些「情報誌」（< jo.o.ho.o.shi >；資訊雜誌），提供大家免費取用。不論是租屋、售屋、打工資訊，還是流行、美食推薦，種類繁多，非常便利。因為這些資訊雜誌都會在短期間內定期更新，若有需要，可從這些雜誌找到最新的訊息。

也因為是免費，這些資訊雜誌多以招攬顧客的廣告為主，其中特別推薦飲食店的情報雜誌。除了有各種美食店的詳細介紹，最吸引人的，還是內附的「**割引クーポン**」（< wa.ri.bi.ki ku.u.po.n >；折價券）和「**サービス券**」（< sa.a.bi.su.ke.n >；招待券）。只要事先剪下，在點菜或結帳時交給店員，大致上在平日都有10～20%的折扣。至於不提供折扣的店家，只要提示招待券，就能免費享受一份飲料、小菜或點心。雖然一般都有規定消費多少以上，才能使用這些優惠，但還是很划算。這麼好康，花點功夫來蒐集這些優惠券是很值得的。

除了上述的情報雜誌，網路上也有很多網站提供優惠券的服務。特別是有計畫赴日旅遊的朋友，不妨參考如下網站，在點餐時提示手機折價券、招待券的頁面，節省開銷，還可根據網站提供的資訊，找尋中意的店家。當然，對日本料理不甚熟悉的朋友，也能藉此獲得更進一步的了解。

ぐるなび	http://www.gnavi.co.jp/
食べログ	https://tabelog.com/
ホットペーパーグルメ	https://www.hotpepper.jp/

◀免費索取的情報誌除了主題內容之外，還常有美食折價券的廣告可以撿便宜！

料理(りょうり)が来(き)てから

ryo.o.ri ga ki.te ka.ra

料理來了之後

1 お待(ま)たせしました。ステーキです。

o ma.ta.se shi.ma.shi.ta su.te.e.ki de.su

讓您久等了。這是牛排。

2 とても熱(あつ)いので、気(き)をつけてください。

to.te.mo a.tsu.i no.de ki o tsu.ke.te ku.da.sa.i

因為很燙，請小心。

3 これはどうやって食(た)べるんですか？

ko.re wa do.o ya.t.te ta.be.ru n de.su ka

這個怎麼吃呢？

4 醤油(しょうゆ)をつけて食(た)べます。

sho.o.yu o tsu.ke.te ta.be.ma.su

沾醬油吃。

塩(しお)	たれ	ポン酢(ず)
shi.o	ta.re	po.n.zu
鹽	醬汁	香橙醋

5 すみません、お茶(ちゃ)のお代(かわ)りをください。

su.mi.ma.se.n o.cha no o.ka.wa.ri o ku.da.sa.i

麻煩你，我還要一杯茶。

6 これをもう１皿(ひとさら)お願(ねが)いします。

ko.re o mo.o hi.to.sa.ra o ne.ga.i shi.ma.su

請再給我一盤這個。

7 新(あたら)しいおはしをもらえますか？

a.ta.ra.shi.i o ha.shi o mo.ra.e.ma.su ka

能要雙新（乾淨）的筷子嗎？

苦情(くじょう)
ku.jo.o

不滿

MP3 43

1 注文(ちゅうもん)した料理(りょうり)がまだ来(き)てないんですが……。
chu.u.mo.n.shi.ta ryo.o.ri ga ma.da ki.te na.i n de.su ga
我點的菜還沒來……。

2 スープに髪(かみ)の毛(け)が入(はい)っているんですが……。
su.u.pu ni ka.mi no ke ga ha.i.t.te i.ru n de.su ga
湯裡面有頭髮……。

虫(むし)	ごみ
mu.shi	go.mi
蟲子	髒東西

これは頼(たの)んでないんですけど……。
ko.re wa ta.no.n.de na.i n de.su ke.do
我沒點這個……。

4 しょっぱすぎます。
sho.p.pa.su.gi.ma.su
太鹹了。

辛(から)	甘(あま)	苦(にが)
ka.ra	a.ma	ni.ga
辣	甜	苦

取(と)り替(か)えてください。
to.ri.ka.e.te ku.da.sa.i
請換掉。

6 店長(てんちょう)を呼(よ)んでください。
te.n.cho.o o yo.n.de ku.da.sa.i
請叫店長過來。

食後(しょくご)

sho.ku.go

1 おいしかったです。
o.i.shi.ka.t.ta de.su
很好吃。

2 もう少(すこ)し何(なに)か頼(たの)みましょうか？
mo.o su.ko.shi na.ni ka ta.no.mi.ma.sho.o ka
要不要再點些什麼呢？

3 まだ物足(ものた)りないです。
ma.da mo.no.ta.ri.na.i de.su
我還意猶未盡。

4 デザートでも取(と)りましょうか？
de.za.a.to de.mo to.ri.ma.sho.o ka
要不要叫個點心什麼的呢？

5 私(わたし)は結構(けっこう)です。
wa.ta.shi wa ke.k.ko.o de.su
我不用了。

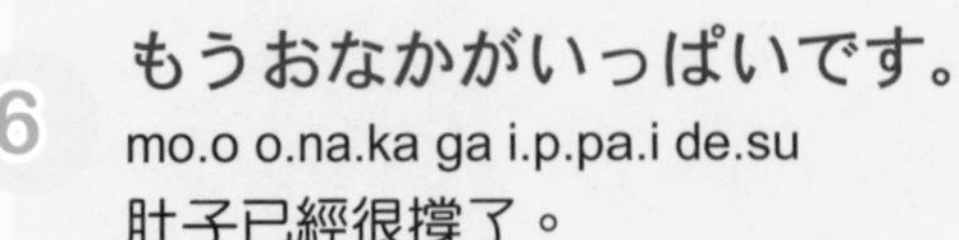

6 もうおなかがいっぱいです。
mo.o o.na.ka ga i.p.pa.i de.su
肚子已經很撐了。

7 本当(ほんとう)によく食(た)べますね。
ho.n.to.o ni yo.ku ta.be.ma.su ne
真的很會吃耶。

8 空(あ)いたお皿(さら)を下(さ)げてください。
a.i.ta o sa.ra o sa.ge.te ku.da.sa.i
請把用完的盤子收走。

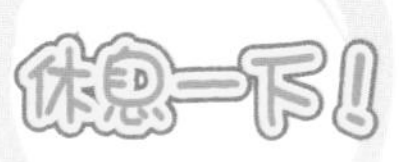

日本美食大搜尋

精緻豪奢、美輪美奐的日本高級料理令人嘆為觀止。雖然價格偏高，但若預算有餘裕，還是建議一嚐「**懐石**」（< ka.i.se.ki >；懷石）、「**ふぐ**」（< fu.gu >；河豚）等豪華「**コース料理**」（< ko.o.su ryo.o.ri >；套餐料理）為快。此外，可說是定食豪華版的「**御膳料理**」（< go.ze.n ryo.o.ri >；御膳料理），也是不錯的選擇，主菜、副菜的數目比定食多，但價格遠比豪華套餐便宜。這些料理不僅能讓您的味蕾獲得不可多得的滿足和感動，精緻講究的食器與擺盤，也是一場視覺的盛宴。要體驗這些日本上乘的美食，造訪流傳數代的老字號名店，可說是最佳捷徑。預算不多的朋友，也不必望之興嘆，有許多名店老字號，在平日的午餐時間都會推出價格合理的優惠套餐，利用這個時段，還是有機會品嚐這些精緻美食。

當然，「**ラーメン**」（< ra.a.me.n >；拉麵）、「**そば**」（< so.ba >；蕎麥麵）、「**うどん**」（< u.do.n >；烏龍麵）、「**牛丼**」（< gyu.u.do.n >；牛丼）、「**回転寿司**」（< ka.i.te.n.zu.shi >；迴轉壽司）這些親民的平價美食，也足以讓您食指大動。至於平價美食去哪吃，誤採地雷的指數才會降低呢？建議您從擁有多家連鎖的飲食店開始著手，因為能開那麼多家，一定具有相當的實力。

不過，在網路資訊發達的今日，利用檢索功能查詢可說是最有效率的方法，聽聽大家的口碑，要找到理想的店家並非難事。做好功課之後，就等大家親自去品嚐囉。

▲日本美食除了用味蕾品嚐之外，豐富的色彩與盤飾更是一種視覺上的享受。

結帳

1 お勘定(かんじょう)をお願(ねが)いします。
o ka.n.jo.o o o ne.ga.i shi.ma.su
請結帳。

2 会計(かいけい)はご一緒(いっしょ)でいいですか？
ka.i.ke.e wa go i.s.sho de i.i de.su ka
一起結帳好嗎？

3 別々(べつべつ)にしてください。
be.tsu.be.tsu ni shi.te ku.da.sa.i
請分開算。

4 カードは使(つか)えますか？
ka.a.do wa tsu.ka.e.ma.su ka
可以使用信用卡嗎？

5 今日(きょう)は私(わたし)のおごりです。
kyo.o wa wa.ta.shi no o.go.ri de.su
今天讓我請。

6 割(わ)り勘(かん)にしましょう。
wa.ri.ka.n ni shi.ma.sho.o
各付各的吧。

7 お釣(つ)りが間違(まちが)っていませんか？
o.tsu.ri ga ma.chi.ga.t.te i.ma.se.n ka
錢是不是找錯了？

8 領収書(りょうしゅうしょ)をください。
ryo.o.shu.u.sho o ku.da.sa.i
請給我收據。

日本餐桌的禮儀

▲雖然放鬆自己、盡情享受美食是旅途中一大樂事，但別忘了良好的餐桌禮儀，能讓您吃得更盡興！

禮儀因地制宜，隨著不同的民族或地域，也有著不同的規範。在享受日本料理之前，若能習得一些基本的禮儀，不僅不會出洋相，也能吃得盡興、吃得有氣質呢。不論是居家或在餐廳用餐，日本人在用餐前後分別會說「いただきます」（< i.ta.da.ki.ma.su >；我要開動了）和「ごちそうさま」（< go.chi.so.o.sa.ma >；承蒙款待），來表達對款待者的謝意，這也是日本餐桌禮儀基本中的基本。

日本的一餐，大部分都有湯、有飯、有主菜和配菜，面對眼前眾多的杯盤湯碗，相信有很多朋友會不知從哪開始下筷。其實只要先喝口湯，並掌握從左到右，由近到遠的原則，就不會有差錯。此外，餐後不要好心的把碗盤疊在一起，因為日本有很多食器，若疊在一起，很容易造成刮痕或使花樣脫落，這點要特別注意。除了用餐，喝酒也有規矩。日本人酒聚時，習慣彼此斟酒、而不是自己倒給自己喝。享受美酒的同時，也應該注意一下朋友的杯子，當他們的杯子快見底的時候，就該替他們添酒。如果有人想幫您添酒，您也要趕緊喝光杯子剩餘的酒，再把杯子遞給對方。當然如果您不勝酒力，拒絕也無妨。

此外，常看日本美食節目的朋友或許會注意到，很多日本人喜歡用手吃壽司，也有很多日本人吃拉麵時，會發出呼呼的響聲，別懷疑，這些都不失禮。用手拿壽司，壽司比較不易散開；吃麵發出響聲，表示麵好吃，您也可以試試這些道地行家的吃法喔。

場景08 飲酒（いんしゅ）

1 久(ひさ)しぶりに1杯(いっぱい)どうですか？
hi.sa.shi.bu.ri ni i.p.pa.i do.o de.su ka
久久來喝一杯如何呢？

2 お酒(さけ)は強(つよ)いですか？
o sa.ke wa tsu.yo.i de.su ka
你酒量好嗎？

3 焼酎(しょうちゅう)なら、1本(いっぽん)が限度(げんど)です。
sho.o.chu.u na.ra i.p.po.n ga ge.n.do de.su
燒酒的話，一瓶是極限。

4 サワーなら、少(すこ)し飲(の)めます。
sa.wa.a na.ra su.ko.shi no.me.ma.su
如果是沙瓦的話，能喝一點。

5 お酒(さけ)は全然(ぜんぜん)だめです。
o sa.ke wa ze.n.ze.n da.me de.su
喝酒我完全不行。

6 まずはビールをください。
ma.zu wa bi.i.ru o ku.da.sa.i
先給我啤酒。

ワイン	ウイスキー	梅酒(うめしゅ)
wa.i.n	u.i.su.ki.i	u.me.shu
葡萄酒	威士忌	梅酒

7 焼酎(しょうちゅう)はロックでお願(ねが)いします。
sho.o.chu.u wa ro.k.ku de o ne.ga.i shi.ma.su
麻煩你燒酒加冰塊。

8 日本酒（にほんしゅ）は熱燗（あつかん）にしますか、冷酒（れいしゅ）にしますか？
ni.ho.n.shu wa a.tsu.ka.n ni shi.ma.su ka re.e.shu ni shi.ma.su ka
日本酒要熱酒、還是冷酒呢？

9 おつまみは何（なに）にしますか？
o tsu.ma.mi wa na.ni ni shi.ma.su ka
要什麼下酒菜呢？

10 この店（みせ）の珍味（ちんみ）はおすすめですよ。
ko.no mi.se no chi.n.mi wa o.su.su.me de.su yo
很推薦這家店的珍味喔。（珍味（ちんみ）＝味道特別的料理）

揚物（あげもの）	焼物（やきもの）	活き造り（いきづくり）
a.ge.mo.no	ya.ki.mo.no	i.ki.zu.ku.ri
炸食	烤食	活魚生魚片

11 乾杯（かんぱい）！
ka.n.pa.i
乾杯！

12 酔（よ）いが回（まわ）ってきました。
yo.i ga ma.wa.t.te ki.ma.shi.ta
開始茫（醉）了。

13 酔（よ）っぱらわないでくださいね。
yo.p.pa.ra.wa.na.i de ku.da.sa.i ne
別喝醉耶。

14 二日酔（ふつかよ）いは辛（つら）いですよ。
fu.tsu.ka.yo.i wa tsu.ra.i de.su yo
宿醉可是很痛苦喔。

向日本的夜晚乾杯

每到夜晚，日本車站附近的居酒屋，總是聚集了不少下班後想放鬆一下的上班族或專程前往買醉的酒客。日本酒類的之豐，令人咋舌，不論是傳統的「**燒酎**」（< sho.o.chu.u >；燒酒）、「**日本酒**」（<ni.ho.n.shu >；日本酒）、大家在口渴時常用來解渴的「**ビール**」（< bi.i.ru >；啤酒），還是時尚新潮的「**洋酒**」（< yo.o.shu >；洋酒）、「**カクテル**」（< ka.ku.te.ru >；雞尾酒），都有不少的品牌可供選擇。

日本的喝酒處，也是形形色色，各有特長與專精。喜歡道地和風的朋友，可選擇海鮮、烤串、炸串等傳統的「**居酒屋**」（< i.za.ka.ya >；居酒屋），享受美酒之餘，日式的下酒小菜也值得專程造訪。也因為是下酒小菜，份量不多，想一次品嚐各種不同日式佳餚的朋友，此為首選。至於喜歡歐美現代風的朋友，日本也有許多時尚的「**パブ**」（< pa.bu >；夜店）、「**ワインバー**」（< wa.i.n ba.a >；葡萄酒吧）可供選擇。

在這裡為大家介紹一種「**立ち飲み**」（< ta.chi.no.mi >；立飲）形式的喝酒處，顧名思義，店內不提供座位，得站著喝酒。因為設備簡單，費用也非常親民。不論是和風還是洋式的立飲酒店，很多是採用「**キャッシュ・オン・デリバリー**」（< kya.s.shu o.n de.ri.ba.ri.i >；在上酒上菜的同時付錢）的方式來付費，如此一來，也不會發生忘我喝太多，沒錢付賬的窘狀。滿二十歲的朋友（日本合法飲酒年齡為二十歲），喜歡在哪裡、以什麼酒來乾杯呢？

▶居酒屋供應的美食是下酒的良伴，也值得單獨品嚐。另外，大部分的居酒屋都提供不含酒精的飲料，即使不會喝酒的朋友，也不必擔心。

第六單元

購　物

場景01 銀行

場景02 尋找

場景03 試穿

場景04 付賬

場景05 超市

場景06 家電量販店

場景07 不良品

銀行
gi.n.ko.o

1 手持ちがないから、ちょっと下ろして来ます。
te.mo.chi ga na.i ka.ra cho.t.to o.ro.shi.te ki.ma.su
因為手頭沒現金，我去領一下錢。

2 時間外だとＡＴＭでも手数料がかかります。
ji.ka.n.ga.i da.to e.e.ti.i.e.mu de.mo te.su.u.ryo.o ga ka.ka.ri.ma.su
即使是自動提款機，所定時間之外就需要手續費。

3 銀行窓口の営業時間は何時までですか？
gi.n.ko.o.ma.do.gu.chi no e.e.gyo.o.ji.ka.n wa na.n.ji ma.de de.su ka
銀行窗口的營業時間到幾點為止呢？

4 暗証番号を忘れました。
a.n.sho.o.ba.n.go.o o wa.su.re.ma.shi.ta
我忘了密碼。

套進去說說看！

キャッシュカード	通帳	印鑑
kya.s.shu.ka.a.do	tsu.u.cho.o	i.n.ka.n
提款卡	存摺	印章

5 振込みしたいんですけど……。
fu.ri.ko.mi.shi.ta.i n de.su ke.do
我想要匯錢……。

6 通帳の繰り越しをお願いします。
tsu.u.cho.o no ku.ri.ko.shi o o ne.ga.i shi.ma.su
麻煩你換新存摺。

7 カードをなくしたので、止めてください。
ka.a.do o na.ku.shi.ta no.de to.me.te ku.da.sa.i
因為卡片不見了，請止付。

日本什麼地方可議價

或許在大家的印象中，日本是個講求不二價的國家，不論是百貨公司、商場、還是個人商店，很少有議價的餘地。其實還是有些地方可以發揮您殺價的功力，像是大型家電量販店，只要不是數千或數百日圓的商品，價錢還是可以商量。

一般日本人在「**ヤマダ電機**」（< ya.ma.da de.n.ki >；山田電機）、「**ヨドバシカメラ**」（< yo.do.ba.shi ka.me.ra >；友都八喜）、「**ビックカメラ**」（< bi.k.ku ka.me.ra >；Bic Camera）等大型家電量販店購買商品時，多會辦理該店的「**ポイントカード**」（< po.i.n.to ka.a.do >；集點卡），手續非常簡單，只要填妥姓名、住址，不需要任何證件，即可使用。一般來說，這些量販店的回饋率相當高，特別是使用現金或是該店申請的信用卡付款，就能享受到高達百分之十的回饋點數，這個點數在下回購買商品時（當天即可）便可使用。也就是說，如果您用現金或該店的信用卡買了一台二萬日圓的相機，那麼您就可獲得二千日圓的點數，雖然無法兌換現金，但可使用這個點數購買店內其他的商品。建議有計畫前往日本遊學或定居的朋友，一定要辦一張。而前往觀光的朋友，因為使用集點卡就不能退稅，而退稅的價格也是10%，所以直接辦理退稅即可。

除了家電量販店，觀光客較多的商區或傳統市場也會給予折扣，例如上野的「**アメ横**」（< a.me.yo.ko >；**阿美橫**」等，就有很大議價的空間。有計畫來日本血拼的朋友，只要牢記「**まけてくれませんか**」（< ma.ke.te ku.re.ma.se.n ka >；可不可以算便宜？）這句話，就能替您省下不少銀兩喔。

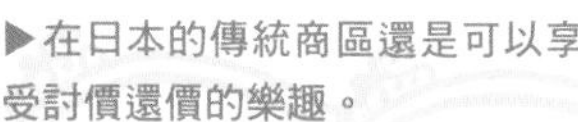
▶在日本的傳統商區還是可以享受討價還價的樂趣。

場景02 探(さが)す

MP3 48

1. 今日(きょう)のセール会場(かいじょう)はどこですか？
kyo.o no se.e.ru ka.i.jo.o wa do.ko de.su ka
今天的拍賣會場在哪裡呢？

2. 靴(くつ)売(う)り場(ば)は何階(なんがい)ですか？
ku.tsu.u.ri.ba wa na.n.ga.i de.su ka
鞋子賣場在幾樓？

紳士服(しんしふく)	婦人服(ふじんふく)	スポーツ用品(ようひん)
shi.n.shi.fu.ku	fu.ji.n.fu.ku	su.po.o.tsu.yo.o.hi.n
紳士服	仕女服	運動用品

3. この辺(へん)にドラッグストアはありますか？
ko.no he.n ni do.ra.g.gu.su.to.a wa a.ri.ma.su ka
這附近有藥妝店嗎？

スーパー	郵便局(ゆうびんきょく)	喫茶店(きっさてん)
su.u.pa.a	yu.u.bi.n.kyo.ku	ki.s.sa.te.n
超市	郵局	咖啡廳

4. いらっしゃいませ、何(なに)かお探(さが)しですか？
i.ra.s.sha.i.ma.se na.ni ka o sa.ga.shi de.su ka
歡迎光臨，請問需要些什麼？

5. 財布(さいふ)を探(さが)しているんですが……。
sa.i.fu o sa.ga.shi.te i.ru n de.su ga
我在找錢包……。

6. 見(み)ているだけです。
mi.te i.ru da.ke de.su
只是看看。

7 最新(さいしん)モデルはありますか？
sa.i.shi.n mo.de.ru wa a.ri.ma.su ka
有最新機種嗎？

8 すでに売(う)り切(き)れです。
su.de.ni u.ri.ki.re de.su
已經賣光了。

9 在庫(ざいこ)を調(しら)べてもらえますか？
za.i.ko o shi.ra.be.te mo.ra.e.ma.su ka
可以替我查一下存貨嗎？

10 取(と)り寄(よ)せできますか？
to.ri.yo.se de.ki.ma.su ka
可以調貨嗎？

11 ショーケースの中(なか)の時計(とけい)を見(み)せてもらえますか？
sho.o.ke.e.su no na.ka no to.ke.e o mi.se.te mo.ra.e.ma.su ka
展示櫃裡的鐘錶能讓我看看嗎？

指輪(ゆびわ)	ブレスレット	ネックレス
yu.bi.wa	bu.re.su.re.t.to	ne.k.ku.re.su
戒指	手環	項鍊

12 これは本皮(ほんがわ)ですか？
ko.re wa ho.n.ga.wa de.su ka
這是真皮的嗎？

合皮(ごうひ)	鍍金(めっき)	天然(てんねん)
go.o.hi	me.k.ki	te.n.ne.n
合成皮革	鍍金	天然

場景 03 試着（しちゃく）

MP3 49

1 試着（しちゃく）してもいいですか？
shi.cha.ku.shi.te mo i.i de.su ka
可以試穿嗎？

2 はい、こちらへどうぞ。
ha.i ko.chi.ra e do.o.zo
沒問題，這邊請。

3 この靴（くつ）を履（は）いてみてもいいですか？
ko.no ku.tsu o ha.i.te mi.te mo i.i de.su ka
這個鞋子可以試穿看看嗎？

4 私（わたし）にはちょっと派手（はで）みたいです。
wa.ta.shi ni wa cho.t.to ha.de mi.ta.i de.su
對我來說，好像有點花俏。

套進去說說看！

小（ちい）さい	短（みじか）い	長（なが）い
chi.i.sa.i	mi.ji.ka.i	na.ga.i
小	短	長

5 胸（むね）のあたりがきついです。
mu.ne no a.ta.ri ga ki.tsu.i de.su
胸部附近很緊。

ウエスト	お尻（しり）	太（ふと）もも
u.e.su.to	o shi.ri	fu.to.mo.mo
腰部	臀部	大腿

6 ちょうどぴったりです。
cho.o.do pi.t.ta.ri de.su
剛剛好。

7 パンツの丈(たけ)を詰(つ)めることはできますか？
pa.n.tsu no ta.ke o tsu.me.ru ko.to wa de.ki.ma.su ka
可以裁短褲子的長度嗎？

8 お直(なお)し代(だい)は別途(べっと)ですか？
o na.o.shi.da.i wa be.t.to de.su ka
修改費另付嗎？

9 お直(なお)しの時間(じかん)はどのくらいかかりますか？
o na.o.shi no ji.ka.n wa do.no ku.ra.i ka.ka.ri.ma.su ka
大概需要多少修改時間？

10 中敷(なかじき)を入(い)れてもらえますか？
na.ka.ji.ki o i.re.te mo.ra.e.ma.su ka
能替我放鞋墊嗎？

11 パッドを外(はず)せますか？
pa.d.do o ha.zu.se.ma.su ka
墊肩可以拿掉嗎？

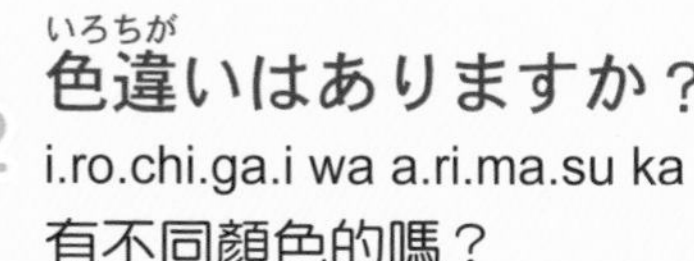

12 色違(いろちが)いはありますか？
i.ro.chi.ga.i wa a.ri.ma.su ka
有不同顏色的嗎？

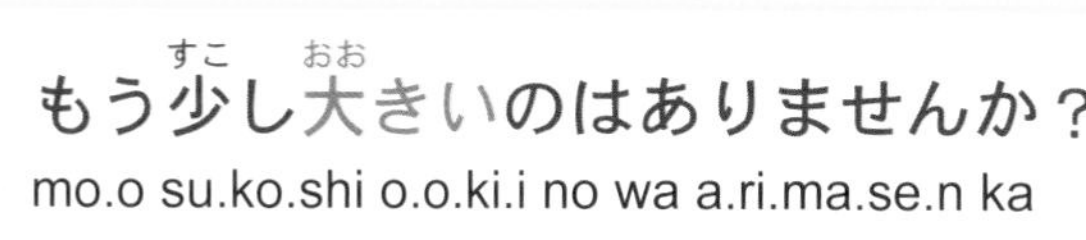

13 もう少(すこ)し大(おお)きいのはありませんか？
mo.o su.ko.shi o.o.ki.i no wa a.ri.ma.se.n ka
沒有再大一點的嗎？

安(やす)い	控(ひか)えめ	シンプルな
ya.su.i	hi.ka.e.me	shi.n.pu.ru.na
便宜點	普通點	簡單點

MP3 50

付賬

1 これはいくらですか？
ko.re wa i.ku.ra de.su ka
這個多少錢呢？

2 これをください。
ko.re o ku.da.sa.i
請給我這個。

3 割引(わりびき)はありますか？
wa.ri.bi.ki wa a.ri.ma.su ka
有折扣嗎？

4 分割払(ぶんかつばら)いができますか？
bu.n.ka.tsu ba.ra.i ga de.ki ma.su ka
可以分期付款嗎？

5 一括払(いっかつばら)いしかできません。
i.k.ka.tsu ba.ra.i shi.ka de.ki.ma.se.n
只能一次付清。

6 プレゼント用(よう)に包(つつ)んでください。
pu.re.ze.n.to yo.o ni tsu.tsu.n.de ku.da.sa.i
請幫我包裝成禮品。

7 家(うち)まで配送(はいそう)してもらえますか？
u.chi ma.de ha.i.so.o.shi.te mo.ra.e.ma.su ka
能不能麻煩你送到我家呢？

8 配送料(はいそうりょう)はいくらですか？
ha.i.so.o.ryo.o wa i.ku.ra de.su ka
運費是多少錢呢？

場景05 スーパーマーケット 超市

su.u.pa.a.ma.a.ke.t.to

MP3 51

1 野菜（やさい）コーナーはどこですか？

ya.sa.i ko.o.na.a wa do.ko de.su ka

蔬菜區在哪裡呢？

日用品（にちようひん）	お惣菜（そうざい）	生鮮（せいせん）
ni.chi.yo.o.hi.n	o so.o.za.i	se.e.se.n
日用品	熟食等家常菜	生鮮食品

2 ドッグフードは置（お）いてありますか？

do.g.gu.fu.u.do wa o.i.te a.ri.ma.su ka

這裡有賣狗食嗎？

3 この魚（さかな）をさばいてもらえますか？

ko.no sa.ka.na o sa.ba.i.te mo.ra.e.ma.su ka

能幫我把魚處理一下嗎？

4 日曜日（にちようび）は挽肉（ひきにく）の特売日（とくばいび）です。

ni.chi.yo.o.bi wa hi.ki.ni.ku no to.ku.ba.i.bi de.su

星期天是絞肉的特價日。

冷凍食品（れいとうしょくひん）	乳製品（にゅうせいひん）	清涼飲料水（せいりょういんりょうすい）
re.e.to.o.sho.ku.hi.n	nyu.u.se.e.hi.n	se.e.ryo.o.i.n.ryo.o.su.i
冷凍食品	乳製品	不含酒精的清涼飲料

5 ドライアイスをください。

do.ra.i.a.i.su o ku.da.sa.i

請給我乾冰。

保冷剤（ほれいざい）	氷（こおり）	ビニール袋（ぶくろ）
ho.re.e.za.i	ko.o.ri	bi.ni.i.ru.bu.ku.ro
保冷劑	冰塊	塑膠袋

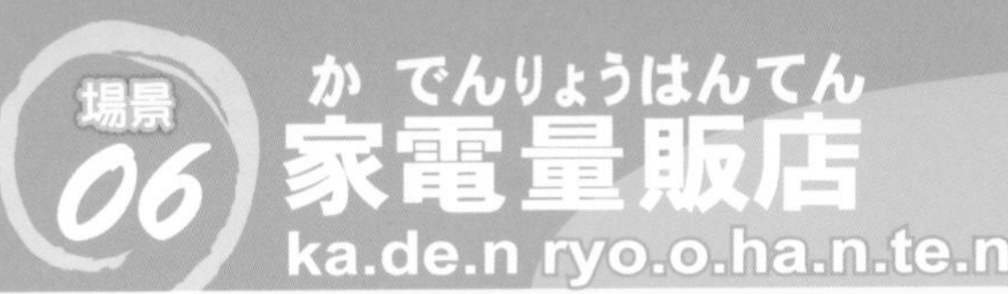

家電量販店

かでんりょうはんてん

ka.de.n ryo.o.ha.n.te.n

1 この液晶（えきしょう）テレビ、在庫（ざいこ）はありますか？

ko.no e.ki.sho.o.te.re.bi za.i.ko wa a.ri.ma.su ka

這個液晶電視有庫存嗎？

冷蔵庫（れいぞうこ）	ドライヤー	一眼（いちがん）レフ
re.e.zo.o.ko	do.ra.i.ya.a	i.chi.ga.n.re.fu
冰箱	吹風機	單眼照相機

2 すみません、展示品（てんじひん）のみなんですが……。

su.mi.ma.se.n te.n.ji.hi.n no.mi na n de.su ga

對不起，只有展示品……。

3 保証（ほしょう）が付（つ）いていますか？

ho.sho.o ga tsu.i.te i.ma.su ka

有附保證嗎？

4 取（と）り付（つ）け料（りょう）は無料（むりょう）です。

to.ri.tsu.ke.ryo.o wa mu.ryo.o de.su

安裝費免費。

有料（ゆうりょう）	サービス	1500円（せんごひゃくえん）
yu.u.ryo.o	sa.a.bi.su	se.n.go.hya.ku.e.n
須收費	贈送	一千五百日圓

5 どうやって使（つか）うんですか？

do.o ya.t.te tsu.ka.u n de.su ka

該怎麼用呢？

6 操作（そうさ）はとても簡単（かんたん）です。

so.o.sa wa to.te.mo ka.n.ta.n de.su

操作非常簡單。

不良品（ふりょうひん）

fu.ryo.o.hi.n

MP3 53

1 先日（せんじつ）買（か）ったゲームプレーヤー、動（うご）かないんですが……。

se.n.ji.tsu ka.t.ta ge.e.mu pu.re.e.ya.a u.go.ka.na.i n de.su ga

前幾天買的遊樂器不能動……。

壊（こわ）れていた

ko.wa.re.te i.ta

是壞的

すぐ壊（こわ）れてしまった

su.gu ko.wa.re.te shi.ma.t.ta

馬上就壞了

2 裾（すそ）にシミがついています。

su.so ni shi.mi ga tsu.i.te i.ma.su

下擺有污漬。

3 部品（ぶひん）が足（た）りないんです。

bu.hi.n ga.ta.ri.na.i n de.su

零件不足。

4 買（か）った時（とき）に気（き）づきませんでした。

ka.t.ta.to.ki ni ki.zu.ki.ma.se.n de.shi.ta

買的時候沒注意到。

5 返品（へんぴん）したいんですが……。

he.n.pi.n.shi.ta.i n de.su ga

我想退貨……。

6 新（あたら）しいのと交換（こうかん）できますか？

a.ta.ra.shi.i no to ko.o.ka.n de.ki.ma.su ka

可以換新的嗎？

7 レシートをお持（も）ちですか？

re.shi.i.to o o mo.chi de.su ka

您有收據嗎？

日本血拼的最佳時機

日本商品不僅外型精美，品質也受到國際的肯定，相信有不少赴日旅遊的朋友，都打算血拼一番。雖然日本物價並不便宜，但若能掌握各種商品拍賣的時期，還是有機會以合理的價格，選購中你意的商品。

像是喜歡日本服飾的朋友，千萬不要錯過在一月和七月更換商品準備換季的「**クリアランスセール**」（< ku.ri.a.ra.n.su se.e.ru >；清倉大拍賣），不過近年來因不景氣之故，有提早的趨勢。而大家熟悉的「**アウトレット**」（< a.u.to.re.t.to >；暢貨中心），比百貨公司更早，約在六月底就開始進行拍賣了。日本的拍賣品，很少有抬高價錢後，再行打折的情況發生，欲購買物超所值的商品，拍賣季節是最佳的時機。

至於單價較高的家電產品，也差不多是在同樣的時期，因為剛好是在一般企業或公家機關發放「**夏のボーナス**」（< na.tsu no bo.o.na.su >；夏季年中獎金）、「**冬のボーナス**」（< fu.yu no bo.o.na.su >；冬季年終獎金），以及學生們領了「**お年玉**」（< o.to.shi.da.ma >；壓歲錢）之後。的確唯有在大家荷包有餘裕時，高價的商品才賣得出去啊。

此外，在新年一月一日開始的「**初売り**」（< ha.tsu.u.ri >；新春大拍賣）也不宜錯過，其中最令人怦然心動的要屬「**福袋**」（< fu.ku.bu.ku.ro >；福袋）的販賣了。不論是服飾、電器、還是生活必需品，購買時雖無法知曉內藏的玄機，不過內含商品的總價，一定會超過購買福袋的價格，運氣好的人，甚至可挑到價值數倍以上的商品。有機會的話，要不要去試試您的運氣呢？

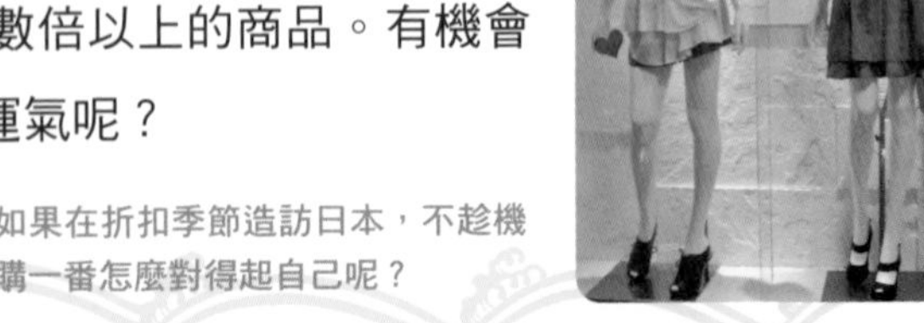

▶如果在折扣季節造訪日本，不趁機採購一番怎麼對得起自己呢？

第七單元

交　通

場景01 飛機

場景02 電車

場景03 巴士

場景04 計程車

場景05 駕駛

場景06 問路

場景 01 ひこうき
飛行機

MP3 54

1
とうきょう ゆ　よ やく
東京行きのチケットを予約したいんですが……。
to.o.kyo.o yu.ki no chi.k.t.to o yo.ya.ku.shi.ta.i n de.su ga
我想訂往東京的機票……。

2
くうせき
空席はありますか？
ku.u.se.ki wa a.ri.ma.su ka
有空位子嗎？

3
びん　ま
その便はキャンセル待ちになりますが……。
so.no bi.n wa kya.n.se.ru ma.chi ni na.ri.ma.su ga
那個班次要候補……。

4
あ　で　れんらく
空きが出たら、すぐ連絡いたします。
a.ki ga de.ta.ra su.gu re.n.ra.ku.i.ta.shi.ma.su
若有空位，馬上聯絡您。

5
ねが
お願いします。
o ne.ga.i shi.ma.su
麻煩了。

6
おうふく
往復でよろしいですか？
o.o.fu.ku de yo.ro.shi.i de.su ka
來回可以嗎？

かたみち
片道
ka.ta.mi.chi
單程

7
に ほんこうくう
日本航空のカウンターはどこですか？
ni.ho.n.ko.o.ku.u no ka.u.n.ta.a wa do.ko de.su ka
日本航空的櫃檯在哪裡呢？

8 通路際の席をお願いします。

tsu.u.ro.gi.wa no se.ki o o ne.ga.i shi.ma.su

請給我靠通道的位子。

9 これは機内に持ち込みできますか？

ko.re wa ki.na.i ni mo.chi.ko.mi de.ki.ma.su ka

這個可以帶進機內嗎？

10 中に割れやすいものが入っていますか？

na.ka ni wa.re.ya.su.i mo.no ga ha.i.t.te i.ma.su ka

裡面有易碎品嗎？

11 出入国カードと税関申告書をください。

shu.tsu.nyu.u.ko.ku ka.a.do to ze.e.ka.n shi.n.ko.ku.sho o ku.da.sa.i

請給我出入境卡和海關申報單。

12 申告するものはありません。

shi.n.ko.ku.su.ru mo.no wa a.ri.ma.se.n

我沒有要申報的東西。

13 横浜行きのリムジンバスはどこで乗りますか？

yo.ko.ha.ma yu.ki no ri.mu.ji.n ba.su wa do.ko de no.ri.ma.su ka

前往橫濱的利木津巴士在哪搭呢？

14 リコンファームをお願いします。

ri.ko.n.fa.a.mu o o ne.ga.i shi.ma.su

麻煩你我要確認機位。

でんしゃ 電車 de.n.sha

1

きっぷうば
切符売り場はどこですか？
ki.p.pu u.ri.ba wa do.ko de.su ka
售票處在哪呢？

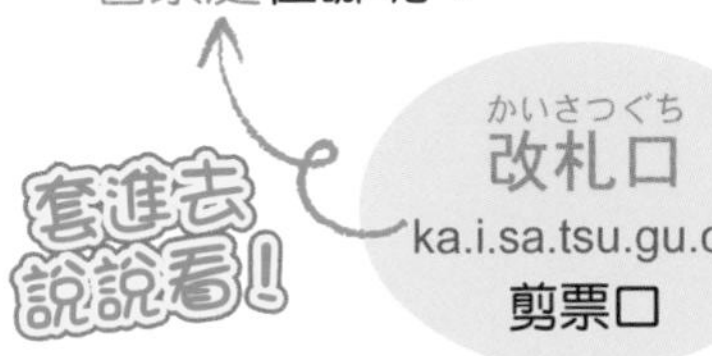

かいさつぐち
改札口
ka.i.sa.tsu.gu.chi
剪票口

せいさんき
精算機
se.e.sa.n.ki
補票機

みどり まどぐち
緑の窓口
mi.do.ri no ma.do.gu.chi
綠色窗口
（日本JR的票務櫃檯）

2

すみません、切符を買い間違えちゃったんですが……。
su.mi.ma.se.n ki.p.pu o ka.i.ma.chi.ga.e.cha.t.ta n de.su ga
對不起，車票買錯了……。

3

よこすかゆ でんしゃ なんばん
横須賀行きの電車は何番ホームですか？
yo.ko.su.ka yu.ki no de.n.sha wa na.n.ba.n ho.o.mu de.su ka
往橫須賀的電車是幾號月台呢？

4

やまのてせん の か
山手線はどこで乗り換えればいいですか？
ya.ma.no.te se.n wa do.ko de no.ri.ka.e.re.ba i.i de.su ka
山手線在哪換車好呢？

5

でんしゃ しんばし と
この電車は新橋に停まりますか？
ko.no de.n.sha wa shi.n.ba.shi ni to.ma.ri.ma.su ka
這個電車有在新橋停嗎？

6

とっきゅうけん けんばいき か
特急券はホームの券売機でも買えます。
to.k.kyu.u.ke.n wa ho.o.mu no ke.n.ba.i.ki de.mo ka.e.ma.su
特急券在月台的售票機也買得到。

7

じゆうせき なんごうしゃ
自由席は何号車ですか？
ji.yu.u.se.ki wa na.n.go.o.sha de.su ka
自由席是幾號車廂呢？

便捷實用的日本交通卡

只要是經常需要搭乘電車或公車的日本人，幾乎都會人手一張交通卡。除了可省去查詢票價、排隊買票的麻煩，在轉換電車時，也不需要一一購票。這些交通卡也可以當作「**電子マネー**」（< de.n.shi ma.ne.e >；電子錢包）來使用，只要是收銀台置有交通卡感應器的加盟店，都可以利用交通卡來付費。

目前從北海道至九州各鐵路公司發行的交通卡幾乎都可通用，以日本首都圈發行的「SUICA」和「PASMO」為例，只要是購票處或車體有右下圖示的「ic」標誌，不論是私鐵、地下鐵、巴士等交通機關都可使用。至於加盟商店，範圍極廣，特別是車站附近的便利商店、超市、書店、飲食店、百貨公司，甚至自動販賣機，都可使用這些交通卡來付費，可說是一卡在手，無往不利。

日本的交通卡和台北的悠遊卡一樣，同為感應非接觸式的IC卡，不必特別從車票夾或錢包拿出來，只要在感應器上晃一下，使其感應即可。「**チャージ**」（< cha.a.ji >；加值）的金額以千圓為單位，最高可加到二萬日圓。

交通卡可在車站窗口或自動購票機購買，金額任選，以「SUICA」和「PASMO」為例，最便宜的是一千日圓，皆內含五百日圓的「**デポジット**」（< de.po.ji.t.to >；**保證金**），不用時可退還（退還時，最好把卡內儲值的金額用罄，否則要另付手續費）。這麼方便的交通卡，要不要也來一張呢？

▲只要看到上面這個標誌，就能享受交通卡相互利用的服務。

場景 03 バス ba.su 巴士

MP3 56

1
京都(きょうと)行(ゆ)きのバス乗(の)り場(ば)はどこですか？
kyo.o.to yu.ki no ba.su no.ri.ba wa do.ko de.su ka
往京都的巴士乘車處在哪裡呢？

2
次(つぎ)のバスはいつですか？
tsu.gi no ba.su wa i.tsu de.su ka
下班巴士是什麼時候呢？

3
大人(おとな)1人(ひとり)と子供(こども)2人(ふたり)です。
o.to.na hi.to.ri to ko.do.mo fu.ta.ri de.su
一個大人和二個小孩。

4
浜松町(はままつちょう)まではいくらですか？
ha.ma.ma.tsu.cho.o ma.de wa i.ku.ra de.su ka
到濱松町要多少錢呢？

5
料金(りょうきん)は下車(げしゃ)の時(とき)に払(はら)うんですか？
ryo.o.ki.n wa ge.sha no to.ki ni ha.ra.u n de.su ka
費用是下車付費嗎？

6
美術館前(びじゅつかんまえ)になったら、教(おし)えてもらえますか？
bi.ju.tsu.ka.n.ma.e ni na.t.ta.ra o.shi.e.te mo.ra.e.ma.su ka
到了美術館前，能不能告訴我呢？

7
八王子駅(はちおうじえき)はあと何個目(なんこめ)ですか？
ha.chi.o.o.ji e.ki wa a.to na.n.ko.me de.su ka
到八王子車站還有幾站呢？

6
市役所(しやくしょ)はまだですか？
shi.ya.ku.sho wa ma.da de.su ka
市公所還沒到嗎？

タクシー ta.ku.shi.i 計程車

1 タクシーを呼(よ)んでいただけますか？
ta.ku.shi.i o yo.n.de i.ta.da.ke.ma.su ka
能幫我叫計程車嗎？

2 関西空港(かんさいくうこう)の出発(しゅっぱつ)ロビーまでお願(ねが)いします。
ka.n.sa.i ku.u.ko.o no shu.p.pa.tsu ro.bi.i ma.de o ne.ga.i shi.ma.su
麻煩你到關西機場的出境大廳。

3 大(おお)きい荷物(にもつ)があるんですが、トランクを開(あ)けてもらえますか？
o.o.ki.i ni.mo.tsu ga a.ru n de.su ga to.ra.n.ku o a.ke.te mo.ra.e.ma.su ka
我有大件行李，麻煩你替我打開後車廂好嗎？

4 大涌谷(おおわくだに)まではいくらぐらいかかりますか？
o.o.wa.ku.da.ni ma.de wa i.ku.ra gu.ra.i ka.ka.ri.ma.su ka
到大涌谷大概需要多少錢呢？

5 小田原(おだわら)まではどれくらいかかりますか？
o.da.wa.ra ma.de wa do.re.ku.ra.i ka.ka.ri.ma.su ka
到小田原大概需要多少時間呢？

6 次(つぎ)の信号(しんごう)を左(ひだり)に曲(ま)がってください。
tsu.gi no shi.n.go.o o hi.da.ri ni ma.ga.t.te ku.da.sa.i
下個紅綠燈請往左轉。

7 あのビルの前(まえ)で降(お)ろしてください。
a.no bi.ru no ma.e de o.ro.shi.te ku.da.sa.i
請在那棟大廈前面讓我下車。

うんてん 運転 u.n.te.n

駕駛

1 道(みち)が込(こ)んできましたね。
mi.chi ga ko.n.de ki.ma.shi.ta ne
道路開始擁擠起來了呢。

2 ちょうどラッシュアワーにぶつかっちゃいましたね。
cho.o.do ra.s.shu.a.wa.a ni bu.tsu.ka.c.cha.i.ma.shi.ta ne
剛好碰上尖峰時間呢。

3 次(つぎ)のパーキングエリアで休憩(きゅうけい)しませんか？
tsu.gi no pa.a.ki.n.gu e.ri.a de kyu.u.ke.e.shi.ma.se.n ka
要不要在下個休息站休息呢？

4 次(つぎ)のジャンクションから7(なな)キロ渋滞(じゅうたい)だそうです。
tsu.gi no ja.n.ku.sho.n ka.ra na.na.ki.ro ju.u.ta.i da so.o.de.su
聽說從下個交流道起有七公里的阻塞。

5 あのカーナビはあてになるんですか？
a.no ka.a.na.bi wa a.te ni na.ru n de.su ka
那個導航機可靠嗎？

6 スピード違反(いはん)で切符(きっぷ)を切(き)られてしまいました。
su.pi.i.do.i.ha.n de ki.p.pu o ki.ra.re.te shi.ma.i.ma.shi.ta
因超速被開罰單。

駐車違反(ちゅうしゃいはん)	信号無視(しんごうむし)	免許証不携帯(めんきょしょうふけいたい)
chu.u.sha.i.ha.n	shi.n.go.o.mu.shi	me.n.kyo.sho.o fu.ke.e.ta.i
違規停車	闖紅燈	未帶駕照

7 あの通(とお)りは一方通行(いっぽうつうこう)です。
a.no to.o.ri wa i.p.po.o tsu.u.ko.o de.su
那條路是單行道。

日本公車大挑戰

對語言不通的外國遊客來說，搭乘公車的困難度會比電車、地下鐵高些，特別是一般居民使用的路線公車，因路線較為錯綜複雜，要搭哪一班，該在哪裡下，實在令人迷惑。

不過，在先進的日本，搭乘公車一點也不困難，也不需要擔心語言的問題。一般來說，日本較大的電車車站的出口附近，都會有「**バスターミナル**」（< ba.su ta.a.mi.ra.ru >；公車起、終點站），往哪個方向、在幾號乘車處搭乘，都有清楚的標示。乘車方式因路線不同，有的是前門上、後門下，有的是後門上、前門下，車體上都會有明顯的標示，不然跟著大家走就對了。

上車後，也不需要擔心坐過頭，因為公車前方的電光板會標示下站站名，當您看到自己想下的站名，按鈴即可。這時候，也不必急著站起來往出口走去，為了安全起見，司機會要求乘客待公車停妥，再行移動。一般來說，即使人多，擠不太出去，只要對司機喊一聲「**降ります**」（< o.ri.ma.su >；下車），司機就會等您下車。

至於公車車資，有分單一金額和站數加價的二種收費。後者，在上車時，得先從機器拉一張「**乗車券**」（< jo.o.sha.ke.n >；乘車券），下車時再對照乘車券上的號碼和公車前方電光板上號碼下面顯示的票價即可。萬一沒零錢，或零錢不夠怎麼辦？別擔心，日本公車收票機的功能非常齊全，可以找零。有點信心了嗎？日本公車就等您來挑戰囉！

◀日本公車非常人性化，收票機還可以找零錢。

MP3 59

場景06 道(みち)を尋(たず)ねる

1 すみません、ちょっと教(おし)えてください。
su.mi.ma.se.n cho.t.to o.shi.e.te ku.da.sa.i
對不起，請教一下。

2 この地図(ちず)だと今(いま)どの辺(あた)りにいますか？
ko.no chi.zu da to i.ma do.no a.ta.ri ni i.ma.su ka
這個地圖的話，現在是在哪裡？

3 最寄(もよ)りの駅(えき)はどこですか？
mo.yo.ri no e.ki wa do.ko de.su ka
最近的車站在哪裡呢？

4 明治神宮(めいじじんぐう)はどう行(い)けばいいですか？
me.e.ji.ji.n.gu.u wa do.o i.ke.ba i.i de.su ka
明治神宮該怎麼走呢？

竹下通(たけしたどお)り
ta.ke.shi.ta.do.o.ri
竹下通

六本木(ろっぽんぎ)ヒルズ
ro.p.po.n.gi.hi.ru.zu
六本木Hills

サンシャインシティー
sa.n.sha.i.n.shi.ti.i
太陽城

5 歩(ある)いて行(い)ける距離(きょり)ですか？
a.ru.i.te i.ke.ru kyo.ri de.su ka
走路可以到的距離嗎？

6 ここから近(ちか)いですか？
ko.ko ka.ra chi.ka.i de.su ka
離這裡很近嗎？

遠(とお)い
to.o.i
很遠

7 ここから歩(ある)いてどれくらいですか？
ko.ko ka.ra a.ru.i.te do.re ku.ra.i de.su ka
從這裡走路的話，大概要多久？

タクシーで	電車(でんしゃ)で	バスで
ta.ku.shi.i de	de.n.sha de	ba.su de
搭計程車	搭電車	搭巴士

8 何線(なにせん)で行(い)くのが早(はや)いですか？
na.ni se.n de i.ku no ga ha.ya.i de.su ka
搭什麼線去比較快呢？

9 鎌倉八幡宮(かまくらはちまんぐう)へ行(い)くには、この道(みち)でいいですか？
ka.ma.ku.ra ha.chi.ma.n.gu.u e i.ku ni wa ko.no mi.chi de i.i.de.su ka
去鎌倉八幡宮，走這條路對嗎？

10 私(わたし)もよくわからないんですが……。
wa.ta.shi mo yo.ku wa.ka.ra.na.i n de.su ga
我也不是很清楚……。

11 私(わたし)も同(おな)じ方向(ほうこう)なので、一緒(いっしょ)に行(い)きましょう。
wa.ta.shi mo o.na.ji ho.o.ko.o.na no.de i.s.sho.ni i.ki.ma.sho.o
因為我也是同個方向，一起去吧。

12 あそこの横断歩道(おうだんほどう)を渡(わた)って左(ひだり)に曲(ま)がればすぐです。
a.so.ko no o.o.da.n.ho.do.o o wa.ta.t.te hi.da.ri ni ma.ga.re.ba su.gu de.su
過了那邊的斑馬線往左轉就到了。

歩道橋(ほどうきょう)	踏切(ふみきり)	地下道(ちかどう)
ho.do.o.kyo.o	fu.mi.ki.ri	chi.ka.do.o
天橋	平交道	地下道

如何搭乘日本的電車

電車、地下鐵，可說是日本最普遍的大眾運輸工具。而計程車因為收價頗昂，一般人使用的機率不高。以東京都二十三區為例，計程車不論中小型，起跳就是四百一十日圓，超過一千零五十二公尺後，每二百三十七公尺就得加價八十日圓。此外，從晚上十點到清晨五點，還要加收二成的「**深夜割増料金**」（< shi.n.ya wa.ri.ma.shi ryo.o.ki.n >；深夜加成費用），因此若非必要，利用的並人不多。在大都市裡，電車、地下鐵也是最便捷的交通工具，既不怕塞車，也不怕坐錯車。只要在電車或地下鐵的路線圖上找到自己欲前往的站名，就可知道要搭什麼線或往什麼方向了。進了「**改札口**」（< ka.i.sa.tsu.gu.chi >；剪票口），可在上方的電光板找到欲搭乘路線的月台號碼，為了避免坐成反方向，可參考月台上往哪個方向行駛的標示。

除了地下鐵，一般的電車都有特急、急行、普通之分，因為特急和急行電車小站不停，搭乘時要確認清楚。還有一點需要特別注意的是，有些鐵路除了車資，搭乘特急電車時還需要特急券（例如小田急線），有的就不需要（例如東橫線）。如何分辨？只要在購票處或月台看看有無特急券的販賣，就知道需不需要特急券了。此外，搭乘JR時，若無事先購買「**グリーン券**」（< gu.ri.i.n ke.n >；綠色車廂乘車券），請別誤搭「**グリーン車**」（< gu.ri.i.n sha >；綠色車廂），事後補票會貴很多。如果對轉換電車依然沒有自信的朋友，可利用手機方便的APP軟體如「**駅すぱあと**」，輸入出發地和目的地的站名或出發、抵達的時間，就可知道怎麼搭最省時、最省錢囉。

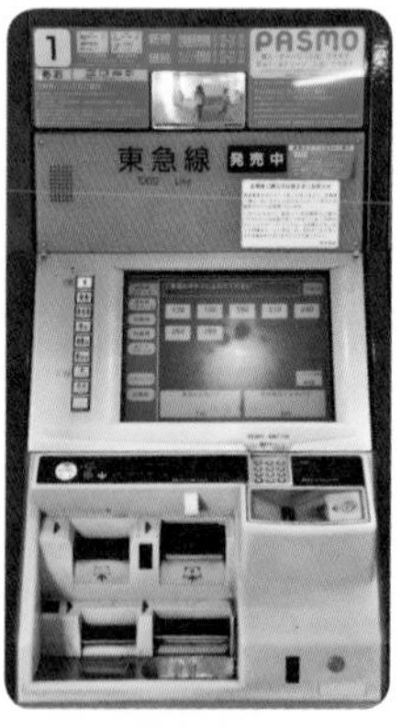

▲赴日自助旅遊時，利用購票機購買車票也是有趣的體驗。

第八單元
通　訊

場景01 電話

場景02 行動電話

場景03 電腦

場景04 電子郵件

場景05 郵寄

場景06 宅急便

MP3 60

場景01 電話(でんわ)

1 もしもし、山田(やまだ)さんのお宅(たく)ですか？
mo.shi.mo.shi ya.ma.da sa.n no o ta.ku de.su ka
喂，請問是山田公館嗎？

2 すみません、間違(まちが)えました。
su.mi.ma.se.n ma.chi.ga.e.ma.shi.ta
對不起，打錯了。

3 恵美(えみ)さんをお願(ねが)いします。
e.mi sa.n o o ne.ga.i shi.ma.su
請找惠美小姐。

4 お名前(なまえ)をいただけますか？
o na.ma.e o i.ta.da.ke.ma.su ka
請問尊姓大名？

5 少々(しょうしょう)お待(ま)ちください。
sho.o.sho.o o ma.chi ku.da.sa.i
請稍待一會兒。

6 お待(ま)たせしました、恵美(えみ)です。
o ma.ta.se shi.ma.shi.ta e.mi de.su
讓您久等了，我是惠美。

7 今(いま)、会議中(かいぎちゅう)なんですが……。
i.ma ka.i.gi.chu.u na n de.su ga
現在會議中……。

外出中(がいしゅつちゅう)
ga.i.shu.tsu.chu.u
外出中

8 あいにく、今席(いませき)を外(はず)してるんですが……。
a.i.ni.ku i.ma se.ki o ha.zu.shi.te ru n de.su ga
很不巧，現在不在位子上……。

9 伝言(でんごん)をお願(ねが)いできますか？
de.n.go.n o o ne.ga.i de.ki.ma.su ka
可以麻煩傳話嗎？

10 どのようなご用件(ようけん)ですか？
do.no yo.o.na go.yo.o.ke.n de.su ka
請問有什麼事嗎？

11 電話(でんわ)があったと伝(つた)えてください。
de.n.wa ga a.t.ta to tsu.ta.e.te ku.da.sa.i
請轉告我有打電話（給他）。

連絡(れんらく)してほしい
re.n.ra.ku.shi.te ho.shi.i
希望（他）與我連絡

急用(きゅうよう)がある
kyu.u.yo.o ga a.ru
我有急事（找他）

12 あとでこちらから掛(か)け直(なお)します。
a.to de ko.chi.ra ka.ra ka.ke.na.o.shi.ma.su
等會我這邊再重打。

13 営業部(えいぎょうぶ)につないでいただけますか？
e.e.gyo.o.bu ni tsu.na.i.de i.ta.da.ke.ma.su ka
能替我接營業部嗎？

14 国際電話(こくさいでんわ)をしたいんですが……。
ko.ku.sa.i.de.n.wa o shi.ta.i n de.su ga
我想打國際電話……。

指名通話(しめいつうわ)
shi.me.e.tsu.u.wa
指定接聽者的電話

コレクトコール
ko.re.ku.to.ko.o.ru
對方付費電話

長距離電話(ちょうきょりでんわ)
cho.o.kyo.ri.de.n.wa
長途電話

場景02 携帯電話（携帯）
けいたいでんわ（けいたい）
ke.e.ta.i.de.n.wa （ke.e.ta.i）

行動電話

1 携帯が鳴ってますよ。
ke.e.ta.i ga na.t.te.ma.su yo
手機在響喔。

2 出なくていいんですか？
de.na.ku.te i.i n de.su ka
不接可以嗎？

3 今、話せますか？
i.ma ha.na.se.ma.su ka
現在方便說話嗎？

4 よく聞こえないんですが……。
yo.ku ki.ko.e.na.i n de.su ga
聽不清楚……。

5 電波のいいところで掛け直します。
de.n.pa no i.i to.ko.ro de ka.ke.na.o.shi.ma.su
在收訊清楚的地方再重打。

6 ご乗車の際、マナーモードに設定の上、通話はご遠慮ください。
go jo.o.sha no sa.i ma.na.a.mo.o.do ni se.t.te.e no u.e tsu.u.wa wa go e.n.ryo.o ku.da.sa.i
搭車時，請設為震動，並且不要講電話。

7 優先席の付近では携帯電話の電源をお切りください。
yu.u.se.n.se.ki no fu.ki.n de wa ke.e.ta.i.de.n.wa no de.n.ge.n o o ki.ri ku.da.sa.i
在博愛座附近請將行動電話的電源關掉。

8 私の携帯は知らない人からのメールを受信しません。
wa.ta.shi no ke.e.ta.i wa shi.ra.na.i hi.to ka.ra no me.e.ru o ju.shi.n.shi.ma.se.n
我的行動電話不接收陌生人傳來的簡訊。

日本的消費稅率與免稅

日本現在的消費稅為10%，食品類為8%，還有在餐飲店內用為10%，外帶則為8%，即使是沒有桌面，若在店家提供的座椅食用也視為內用。這制度在一開始實施時，也引起不小的爭議。目前容易混淆的地方都有明確標示以提醒顧客。

前往日本旅遊的國人，在有「TAX FREE」或「TAX REFUND」標記的店家，都可享受免消費稅的優惠。一般來說，日本的免稅商品分為食品、藥品、化妝品、健康食品等「消耗品類」，以及家電、服飾、皮包、鞋子等「一般物品類」，只要分別在一個店家一次購買未含稅價格五千日圓以上的商品就能享受免稅的優惠。

要注意的是消耗品類，店家會幫您密封包裝，待回國之後才能拆開使用，而且必須在三十天以內攜帶出境。另外，日本的機場沒有退稅櫃台，別忘了在購買時先行辦理免稅或退稅的手續喔。

▲只要看到這個標示，就表示有提供免稅。

場景 03 コンピューター

MP3 62

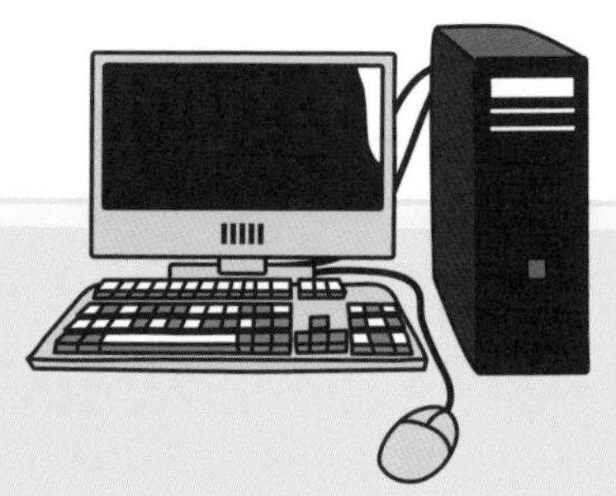

1 固(かた)まっちゃいました。
ka.ta.ma.c.cha.i.ma.shi.ta
當機了。

2 データが飛(と)んじゃいました。
de.e.ta ga to.n.ja.i.ma.shi.ta
資料不見了。

3 ウイルスでデータがすべて消(き)えてしまいました。
u.i.ru.su de de.e.ta ga su.be.te ki.e.te shi.ma.i.ma.shi.ta
因為病毒，資料完全不見了。

4 バックアップしてないんですか？
ba.k.ku.a.p.pu.shi.te na.i n de.su ka
資料沒備份嗎？

5 ウイルス対策(たいさく)ソフトを入(い)れないと怖(こわ)いですよ。
u.i.ru.su ta.i.sa.ku so.fu.to o i.re.na.i to ko.wa.i de.su yo
不裝防毒軟體是很可怕的喔。

6 定期的(ていきてき)にウイルスをチェックしていますか？
te.e.ki.te.ki ni u.i.ru.su o che.k.ku.shi.te i.ma.su ka
有定期檢查病毒嗎？

7 最新型(さいしんがた)のノートパソコンを買(か)いました。
sa.i.shi.n.ga.ta no no.o.to.pa.so.ko.n o ka.i.ma.shi.ta
我買了最新型的筆記型電腦。

8 これはウインドウズの最新バージョンです。
ko.re.wa u.i.n.do.o.zu no sa.i.shi.n ba.a.jo.n de.su
這是Windows的最新版本。

マック	オフィス	パワーポイント
ma.k.ku	o.fi.su	pa.wa.a.po.i.n.to
Mac	Office	Power Point

9 インターネットの使(つか)い方(かた)を教(おし)えてください。
i.n.ta.a.ne.t.to no tsu.ka.i.ka.ta o o.shi.e.te ku.da.sa.i
請教我網際網路的使用方法。

ワード	アウトルック	エクセル
wa.a.do	a.u.to.ru.k.ku	e.ku.se.ru
Word	Outlook	Excel

10 おすすめのプロバイダーはありますか？
o.su.su.me no pu.ro.ba.i.da.a wa a.ri.ma.su ka
有推薦的網路服務供應商嗎？

11 ネットでフリーソフトをダウンロードすることができます。
ne.t.to de fu.ri.i so.fu.to o da.u.n.ro.o.do.su.ru ko.to ga de.ki.ma.su
在網路可下載免費的軟體。

12 私(わたし)もブログをやっています。
wa.ta.shi mo bu.ro.gu o ya.t.te i.ma.su
我也在經營部落格。

13 暇(ひま)な時(とき)、見(み)てみてくださいね。
hi.ma.na to.ki mi.te mi.te ku.da.sa.i ne
有空時，請看看喔。

メール
me.e.ru

電子郵件

1

メールアドレスが間違(まちが)っているみたいですよ。
me.e.ru a.do.re.su ga ma.chi.ga.t.te i.ru mi.ta.i de.su yo
網址好像弄錯了唷。

2

メールの内容(ないよう)が文字化(もじば)けしています。
me.e.ru no na.i.yo.o ga mo.ji.ba.ke.shi.te i.ma.su
電子郵件的內容呈亂碼。

3

添付(てんぷ)ファイルで送(おく)ってください。
te.n.pu fa.i.ru de o.ku.t.te ku.da.sa.i
請用附加檔案方式送來。

4

ファイルが開(ひら)けないんですが……。
fa.i.ru ga hi.ra.ke.na.i n de.su ga
檔案打不開……。

5

うっかりファイルを削除(さくじょ)してしまいました。
u.k.ka.ri fa.i.ru o sa.ku.jo.shi.te shi.ma.i.ma.shi.ta
不小心把檔案給刪了。

6

開封確認(かいふうかくにん)をリクエストして送信(そうしん)ください。
ka.i.fu.u.ka.ku.ni.n o ri.ku.e.su.to.shi.te so.o.shi.n ku.da.sa.i
請勾選讀取回條寄回。

7

最近迷惑(さいきんめいわく)メールが増(ふ)えて、本当(ほんとう)にうっとうしいです。
sa.i.ki.n me.e.wa.ku me.e.ru ga fu.e.te ho.n.to.o ni u.t.to.o.shi.i de.su
最近垃圾郵件增加，真的很討厭。

8

すみません、返信(へんしん)するのを忘(わす)れました。
su.mi.ma.se.n he.n.shi.n.su.ru no o wa.su.re.ma.shi.ta
對不起，我忘了回信。

郵便 yu.u.bi.n

郵寄

MP3 64

1 ８０円の切手を5枚ください。
ha.chi.ju.u.e.n no ki.t.te o go.ma.i ku.da.sa.i
請給我五張八十圓的郵票。

記念切手	はがき	往復はがき
ki.ne.n ki.t.te	ha.ga.ki	o.o.fu.ku ha.ga.ki
紀念郵票	明信片	往返明信片（有回函的明信片）

2 普通郵便だといくらですか？
fu.tsu.u yu.u.bi.n da to i.ku.ra de.su ka
普通郵件的話多少錢？

船便	航空便	速達
fu.na.bi.n	ko.o.ku.u.bi.n	so.ku.ta.tsu
海運	航空	限時

3 書留で送りたいんですが……。
ka.ki.to.me de o.ku.ri.ta.i n de.su ga
我想用掛號寄……。

4 台湾まで何日ぐらいかかりますか？
ta.i.wa.n ma.de na.n.ni.chi gu.ra.i ka.ka.ri.ma.su ka
到台灣大約需要花幾天呢？

5 なるべく早い方法でお願いします。
na.ru.be.ku ha.ya.i ho.o.ho.o de o ne.ga.i shi.ma.su
麻煩你盡可能以快速的方法。

6 この欄に英語で内容物を書いてください。
ko.no ra.n ni e.e.go de na.i.yo.o.bu.tsu o ka.i.te ku.da.sa.i
請用英文在這欄位裡寫下裡面的東西。

場景06 たくはいびん 宅配便 ta.ku.ha.i.bi.n

宅急便

1 宅配便(たくはいびん)で荷物(にもつ)を送(おく)りました。
ta.ku.ha.i.bi.n de ni.mo.tsu o o.ku.ri.ma.shi.ta
我用宅急便送出行李了。

2 自宅(じたく)まで集荷(しゅうか)に来(き)てもらえますか？
ji.ta.ku ma.de shu.u.ka ni ki.te mo.ra.e.ma.su ka
能到我家收件嗎？

3 中(なか)は割(わ)れ物(もの)です。
na.ka wa wa.re.mo.no de.su
裡面是易碎品。

套進去說說看！

冷凍品(れいとうひん) re.e.to.o.hi.n 冷凍品

冷蔵品(れいぞうひん) re.e.zo.o.hi.n 冷藏品

書類(しょるい) sho.ru.i 文件

4 ご希望(きぼう)のお届(とど)け時間(じかん)はありますか？
go ki.bo.o no o to.do.ke ji.ka.n wa a.ri.ma.su ka
有希望的送達時間嗎？

5 代金着払(だいきんちゃくばら)いでお願(ねが)いします。
da.i.ki.n cha.ku.ba.ra.i de o ne.ga.i shi.ma.su
請用貨到付款。

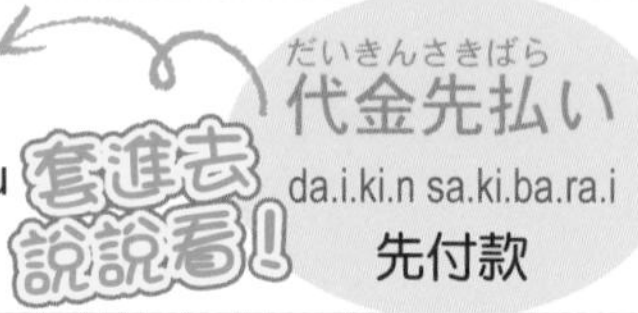

6 荷物(にもつ)を受(う)け取(と)り損(そこ)ねました。
ni.mo.tsu o u.ke.to.ri so.ko.ne.ma.shi.ta
我錯過收取行李了。

7 再配達(さいはいたつ)をお願(ねが)いします。
sa.i.ha.i.ta.tsu o o ne.ga.i shi.ma.su
麻煩再送一次。

第九單元
旅遊與興趣

場景01 報名

場景02 飯店的預約

場景03 變更・取消

場景04 飯店裡

場景05 觀光

場景06 攝影

場景07 電影

場景08 運動

場景09 音樂

MP3 66

場景 01 申し込み（もうこ） mo.o.shi.ko.mi 報名

1

秋の連休に海外旅行を考えています。（あき れんきゅう かいがいりょこう かんが）

a.ki no re.n.kyu.u ni ka.i.ga.i.ryo.ko.o o ka.n.ga.e.te i.ma.su

正考慮在秋天的連休出國旅行。

2

思い切ってショッピングしたい。（おも き）

o.mo.i.ki.t.te sho.p.pi.n.gu.shi.ta.i

想盡情地購物。

のんびり	旅行（りょこう）	温泉めぐり（おんせん）
no.n.bi.ri	ryo.ko.o	o.n.se.n me.gu.ri
放鬆	旅行	到處泡溫泉

3

円高で海外旅行がチャンスです。（えんだか かいがいりょこう）

e.n.da.ka de ka.i.ga.i.ryo.ko.o ga cha.n.su de.su

日幣升值，出國旅行是最佳時機。

4

韓国ツアーを申し込みたいです。（かんこく もう こ）

ka.n.ko.ku tsu.a.a o mo.o.shi.ko.mi.ta.i de.su

我想報名韓國旅遊。

グアム	サイパン	タイ
gu.a.mu	sa.i.pa.n	ta.i
關島	塞班島	泰國

5

ツアー料金に食事は含まれていますか？（りょうきん しょくじ ふく）

tsu.a.a ryo.o.ki.n ni sho.ku.ji wa fu.ku.ma.re.te i.ma.su ka

旅費包括用餐嗎？

入場料（にゅうじょうりょう）	保険料（ほけんりょう）	サービス料（りょう）
nyu.u.jo.o.ryo.o	ho.ke.n.ryo.o	sa.a.bi.su.ryo.o
入場費	保險費	服務費

ホテルの予約（よやく）
ho.te.ru no yo.ya.ku

飯店的預約

MP3 67

1 予約係（よやくがかり）をお願（ねが）いします。
yo.ya.ku.ga.ka.ri o o ne.ga.i shi.ma.su
請接訂房組。

2 12月3日（じゅうにがつみっか）からの3泊（さんぱく）で予約（よやく）したいんですが……。
ju.u.ni.ga.tsu mi.k.ka ka.ra no sa.n.pa.ku de yo.ya.ku.shi.ta.i n de.su ga
我想預約十二月三日開始的三個晚上……。

3 シングルの部屋（へや）は空（あ）いていますか？
shi.n.gu.ru no he.ya wa a.i.te i.ma.su ka
單人的房間有空嗎？

ダブル	ツイン	トリプル
da.bu.ru	tsu.i.n	to.ri.pu.ru
雙人床	二張床	三張床

4 眺（なが）めのいい部屋（へや）をお願（ねが）いします。
na.ga.me no i.i he.ya o o ne.ga.i shi.ma.su
請給我景觀好的房間。

海側（うみがわ）の	静（しず）かな	露天風呂付（ろてんぶろづ）きの
u.mi.ga.wa no	shi.zu.ka.na	ro.te.n.bu.ro zu.ki no
靠海的	安靜的	附露天澡堂的

5 宿泊料金（しゅくはくりょうきん）はいくらですか？
shu.ku.ha.ku ryo.o.ki.n wa i.ku.ra de.su ka
住宿費用是多少錢呢？

6 1泊8千円（いっぱくはっせんえん）で、税金（ぜいきん）とサービス料（りょう）を別途（べっと）いただいております。
i.p.pa.ku ha.s.se.n.e.n de ze.e.ki.n to sa.a.bi.su.ryo.o o be.t.to i.ta.da.i.te o.ri.ma.su
一晚八千圓，另收稅金和服務費。

MP3 68

変更（へんこう）・キャンセル 變更・取消

he.n.ko.o kya.n.se.ru

1 7月20日（しちがつはつか）の予約（よやく）をキャンセルしたいんですが……。
shi.chi.ga.tsu ha.tsu.ka no yo.ya.ku o kya.n.se.ru.shi.ta.i n de.su.ga
我想取消七月二十日的預約……。

2 キャンセルの場合（ばあい）、予約金（よやくきん）の払（はら）い戻（もど）しはできますか？
kya.n.se.ru no ba.a.i yo.ya.ku.ki.n no ha.ra.i.mo.do.shi wa de.ki.ma.su ka
取消時，可以退還訂金嗎？

3 変更（へんこう）の場合（ばあい）、手数料（てすうりょう）はかかりますか？
he.n.ko.o no ba.a.i te.su.u.ryo.o wa ka.ka.ri.ma.su.ka
變更時，需要手續費嗎？

4 7月7日（しちがつなのか）の予約（よやく）を8月10日（はちがつとおか）に変更（へんこう）したいんですが……。
shi.chi.ga.tsu na.no.ka no yo.ya.ku o ha.chi.ga.tsu to.o.ka ni he.n.ko.o.shi.ta.i n de.su ga
我想把七月七日的預約，改成八月十日……。

5 大変申（たいへんもう）し訳（わけ）ございません、10日（とおか）は満室（まんしつ）でございます。
ta.i.he.n mo.o.shi.wa.ke go.za.i.ma.se.n to.o.ka wa ma.n.shi.tsu de go.za.i.ma.su
非常抱歉，十日全部客滿。

6 11日（じゅういちにち）なら、ご用意（ようい）できますが……。
ju.u.i.chi.ni.chi na.ra go yo.o.i de.ki.ma.su ga
十一日的話，可為您準備……。

7 よろしければ、他（ほか）のホテルをご紹介（しょうかい）いたします。
yo.ro.shi.ke.re.ba ho.ka no ho.te.ru o go sho.o.ka.i i.ta.shi.ma.su
不介意的話，我們可以介紹其他的飯店。

旅館（りょかん）	民宿（みんしゅく）	モーテル
ryo.ka.n	mi.n.shu.ku	mo.o.te.ru
旅館	民宿	汽車旅館

休息一下！

日本的國定假日

有計畫前往日本一遊的朋友，最好先行了解日本的國定假日，再做安排。因為每逢假日，特別是大型連休，商業設施或觀光勝地，總是會被休假的人潮擠得水洩不通，而且這時候的機票或住宿設施不僅難訂，也會比平時貴很多。特別需要注意的是一月一日前後的年假（除了公家機關、銀行，大多數的民間企業會多放幾天）、四月廿九日起到五月五日的「**ゴールデンウィーク**」（< go.o.ru.de.n wi.i.ku >；黃金週休）、八月十三～十六日前後，雖非國定假日，一般人多會自行請假返鄉祭祖的「**お盆**」（< o bo.n >；中元節）。不喜歡擁擠、擔心機位、車票難求的朋友，避開為佳。

一月一日	元日	< ga.n.ji.tsu >	元旦
一月的第二個星期一	成人の日	< se.e.ji.n no hi >	成人節
二月十一日	建国記念の日	< ke.n.ko.ku.ki.ne.n no hi >	建國紀念日
二月廿三日	天皇誕生日	< te.n.no.o ta.n.jo.o.bi >	天皇誕生日
三月廿日	春分の日	< shu.n.bu.n no hi >	春分
四月廿九日	昭和の日	< sho.o.wa no hi >	昭和日
五月三日	憲法記念日	< ke.n.po.o ki.ne.n.bi >	憲法紀念日
五月四日	みどりの日	< mi.do.ri no hi >	綠化節
五月五日	こどもの日	< ko.do.mo no hi >	兒童節
七月廿三日	海の日	< u.mi no hi >	海洋節
七月廿四日	スポーツの日	< su.po.o.tsu no hi >	體育節
八月十日	山の日	< ya.ma no hi >	山之日
九月第三個星期一	敬老の日	< ke.e.ro.o no hi >	敬老節
九月廿二日	秋分の日	<shu.u.bu.n no hi >	秋分
十一月三日	文化の日	< bu.n.ka no hi >	文化節
十一月廿三日	勤労感謝の日	< ki.n.ro.o ka.n.sha no hi >	勤勞感謝日

★粉紅色區塊的連假為「黃金週休」。

MP3 69

場景04 ホテルの中（なか）

1

電話（でんわ）で予約（よやく）した林（はやし）です。

de.n.wa de yo.ya.ku.shi.ta ha.ya.shi de.su

我有電話預約，姓林。

2

チェックインをお願（ねが）いします。

che.k.ku i.n o o ne.ga.i shi.ma.su

我要辦理進房手續。

チェックアウト	ルームサービス	モーニングコール
che.k.ku a.u.to	ru.u.mu sa.a.bi.su	mo.o.ni.n.gu ko.o.ru
辦理退房手續	客房送餐服務	Morning call

3

荷物（にもつ）を部屋（へや）までお願（ねが）いできますか？

ni.mo.tsu o he.ya ma.de o ne.ga.i de.ki.ma.su ka

能麻煩你把行李送到房間嗎？

4

毛布（もうふ）をもう1枚（いちまい）持（も）って来（き）てもらえますか？

mo.o.fu o mo.o i.chi.ma.i mo.t.te ki.te mo.ra.e.ma.su ka

能不能為我再拿一條毛毯過來？

バスタオル	布団（ふとん）	枕（まくら）カバー
ba.su.ta.o.ru	fu.to.n	ma.ku.ra ka.ba.a
浴巾	棉被	枕頭套

5

エステサロンは予約（よやく）する必要（ひつよう）がありますか？

e.su.te.sa.ro.n wa yo.ya.ku.su.ru hi.tsu.yo.o ga a.ri.ma.su ka

美膚沙龍必須要預約嗎？

マッサージ	食事（しょくじ）	カラオケ
ma.s.sa.a.ji	sho.ku.ji	ka.ra.o.ke
按摩	用餐	卡拉OK

6 プールは無料で利用できますか？
pu.u.ru wa mu.ryo.o de ri.yo.o de.ki.ma.su ka
游泳池可以免費使用嗎？

7 レストランのビュッフェは何時から何時までですか？
re.su.to.ra.n no byu.f.fe wa na.n.ji ka.ra na.n.ji ma.de de.su ka
餐廳的自助餐是從幾點到幾點呢？

8 非常口はどこですか？
hi.jo.o.gu.chi wa do.ko de.su ka
緊急出口在哪裡呢？

食堂	両替所	ラウンジバー
sho.ku.do.o	ryo.o.ga.e.jo	ra.u.n.ji.ba.a
食堂	外幣兌換處	酒吧

9 貴重品を預けたいんですが……。
ki.cho.o.hi.n o a.zu.ke.ta.i n de.su ga
我想寄放貴重物品……。

10 部屋にキーを置き忘れました。
he.ya ni ki.i o o.ki.wa.su.re.ma.shi.ta
我把鑰匙忘在房裡了。

11 エアコンが効きません。
e.a.ko.n ga ki.ki.ma.se.n
空調不起作用。

12 電気がつきません。
de.n.ki ga tsu.ki.ma.se.n
電燈不亮。

場景04 ホテルの中（なか） ho.te.ru no na.ka 飯店裡

13 トイレが詰（つ）まってしまったようです。
to.i.re ga tsu.ma.t.te shi.ma.t.ta yo.o de.su
廁所好像不通。

14 誰（だれ）かよこしてもらえますか？
da.re ka yo.ko.shi.te mo.ra.e.ma.su ka
能為我派誰過來嗎？

15 部屋（へや）を替（か）えていただけませんか？
he.ya o ka.e.te i.ta.da.ke.ma.se.n ka
可以幫我換房間嗎？

16 これは何（なん）の料金（りょうきん）ですか？
ko.re wa na.n no ryo.o.ki.n de.su ka
這是什麼費用呢？

17 精算書（せいさんしょ）が間違（まちが）っているようです。
se.e.sa.n.sho ga ma.chi.ga.t.te i.ru yo.o de.su
帳單好像錯了。

18 夕方（ゆうがた）まで荷物（にもつ）を預（あず）かってもらえますか？
yu.u.ga.ta ma.de ni.mo.tsu o a.zu.ka.t.te mo.ra.e.ma.su ka
能替我保管行李到黃昏嗎？

19 部屋（へや）に忘（わす）れ物（もの）をしたんですが……。
he.ya ni wa.su.re.mo.no o shi.ta n de.su ga
我有東西忘在房裡了……。

20 ハイヤーを呼（よ）んでいただけますか？
ha.i.ya.a o yo.n.de i.ta.da.ke.ma.su ka
能替我叫附司機的出租汽車嗎？

場景 05 かんこう 観光 ka.n.ko.o

1
しゅうごう じ かん なん じ
集合時間は何時ですか？
shu.u.go.o ji.ka.n wa na.n.ji de.su ka
集合時間是幾點？

とうちゃく 到着	しゅっぱつ 出発	かいえん 開演
to.o.cha.ku	shu.p.pa.tsu	ka.i.e.n
抵達	出發	開演

2
へん かんこうあんないじょ
この辺に観光案内所はありますか？
ko.no he.n ni ka.n.ko.o a.n.na.i.jo wa a.ri.ma.su ka
這附近有旅客服務中心嗎？

3
へん み どころ
この辺の見所はどこですか？
ko.no he.n no mi.do.ko.ro wa do.ko de.su ka
這邊值得看的地方是哪裡呢？

4
しゃしん と
写真を撮ってもらえますか？
sha.shi.n o to.t.te mo.ra.e.ma.su ka
能幫我們照相嗎？

5
しゃしん と
ここで写真を撮ってもいいですか？
ko.ko de sha.shi.n o to.t.te mo i.i de.su ka
可不可以在這裡照相呢？

6
さつえいきん し
ここは撮影禁止になっています。
ko.ko wa sa.tsu.e.e ki.n.shi ni na.t.te i.ma.su
這裡禁止攝影。

たちいりきん し 立入禁止	いんしょくきん し 飲食禁止	きんえん 禁煙
ta.chi.i.ri ki.n.shi	i.n.sho.ku ki.n.shi	ki.n.e.n
禁止進入	禁止飲食	禁止抽菸

日本的世界文化遺產

日本是個致力保護文化遺產的國家，很多地方值得我們去觀摩與學習。來一趟知性的日本文化遺產之旅，相信能讓您更深入日本，更了解日本。

日本的世界文化遺產

名稱	所在地	特色與代表
法隆寺區域的佛教建築物	奈良縣	遺留著多數世界最古的木造建築物。
姬路城	兵庫縣	城郭建築最盛期的遺產，也是十七世紀初日本城郭的代表。
古都京都的文化財	京都府	金閣寺、清水寺、延曆寺、平等院、醍醐寺等著名的寺院與神社。
白川鄉、五箇山的合掌造聚落	岐阜縣 富山縣	以茅草覆頂、木造的合掌建築聚落。被譽為極端合理庶民建築，日本境內也相當罕見。
原爆紀念館	廣島縣	第二次世界大戰原爆後的史跡。
嚴島神社	廣島縣	建於瀨戶內海的潮間帶上，立於海上的大型鳥居為「日本三景」之一，社內收藏有許多國寶級物品。
古都奈良的文化財	奈良縣	如東大寺、春日大社、唐招提寺、平城宮跡等歷史悠久的宮殿遺跡、神社與寺廟。
日光的神社寺廟	栃木縣	日光二荒山神社、東照宮神社、日光山輪王寺，以及9個國寶和94個重要文化財物。不論是建築、雕刻還是裝飾，皆具極高的藝術價值。
琉球王國的城跡與相關遺產群	沖繩縣	反應琉球王國當時獨具的特色與文化。如今歸仁、首里、座喜味城跡、玉陵等可為代表。
紀伊山地的靈場與參拜道	三重縣	自古以來的神佛修道聖地，以「吉野・大峯」、「雄野三山」、「高野山」三靈場，和連結這三地的參拜道最享盛名。
石見銀山遺跡及其文化景觀	島根縣	此遺跡為東西文物、文明交流的物證。不論是銀的傳統生產技術或礦山土地利用方面所表現出來的文化景觀，皆具保存的價值。

名稱	所在地	特色與代表
平泉——體現佛教淨土思想的建築、庭園及考古學遺跡群	岩手縣	為存在於岩手縣平泉町一系列寺院的總稱。平安時代末期按照八世紀傳到日本的淨土宗的宇宙觀建造而成。
富士山——信仰的對象與藝術的源泉	靜岡縣 山梨縣	富士山為日本最高峰，自古以來為培育富士信仰的靈峰，所成的景觀也是葛飾北齋的富嶽三十六景等代表藝術的主要題材，不僅是日本國內，也帶給國際極大的影響。
富岡製絲廠與絲綢產業遺產群	群馬縣	含富岡製絲廠、田島彌平舊宅、高山社跡與荒船峰穴。富岡製絲廠的建築風格融合了日本傳統與西方建築藝術，至今仍保存著百年前的風貌。
明治時期的日本工業革命遺產	福岡縣 佐賀縣 長崎縣 熊本縣 鹿兒島縣 山口縣 岩手縣 靜岡縣	該遺產群分布在左列的8個縣，共包含23個建設於幕末和明治時代的工業設施。為西方工業化成功傳播至非西方國家的先例。
勒・柯布西耶的建築遺產	東京都	國立西洋美術館。對近代建築運動有顯著的貢獻。
「神宿之島」宗像・沖之島和關連遺產群	福岡縣	位於福岡縣宗像市與福津市的宗像大社信仰、大宮司家宗像市的相關史跡、文化財等。
長崎與天草地區的潛伏基督徒關連遺產	長崎縣 熊本縣	位在長崎縣與熊本縣境內共12件和隱匿基督徒相關的史跡與文化資產，含教堂與隱匿基督徒的聚落。
百舌鳥・古市古墳群	大阪府	位於大阪府堺市、羽曳野市、藤井寺市共45件49基的古墳群之總稱。分屬百舌鳥古墳群與古市古墳群。

場景06 さつえい 撮影 sa.tsu.e.e

1 いっせんまん がそ か
1千万画素のデジカメを買いました。
i.s.se.n.ma.n ga.so no de.ji.ka.me o ka.i.ma.shi.ta
我買了一千萬畫素的數位相機。

2 て ぼうし きのう つ
手ブレ防止機能が付いていますか？
te.bu.re bo.o.shi ki.no.o ga tsu.i.te i.ma.su ka
有附防手震的功能嗎？

3 やけい き か
夜景モードに切り替えたほうがいいですよ。
ya.ke.e mo.o.do ni ki.ri.ka.e.ta ho.o ga i.i de.su yo
切換成夜景模式比較好喔。

4 よび でんち
予備の電池はありますか？
yo.bi no de.n.chi wa a.ri.ma.su ka
有預備的電池嗎？

バッテリー	フィルム	メモリーカード
ba.t.te.ri.i	fi.ru.mu	me.mo.ri.i ka.a.do
蓄電池	底片	記憶卡

5 りょこう しゃしん げんぞう だ
旅行の写真はまだ現像に出していません。
ryo.ko.o no sha.shi.n wa ma.da ge.n.zo.o ni da.shi.te i.ma.se.n
旅行的相片還沒拿去沖洗。

6 わたし ぶん や ま
私の分もついでに焼き増ししてくれますか？
wa.ta.shi no bu.n mo tsu.i.de.ni ya.ki.ma.shi.shi.te ku.re.ma.su ka
我的份也順便幫我加洗好嗎？

7 あいだ おんせんりょこう しゃしん み
この間の温泉旅行の写真を見ますか？
ko.no a.i.da no o.n.se.n ryo.ko.o no sha.shi.n o mi.ma.su ka
要不要看前幾天溫泉旅行的相片呢？

えいが 映画 e.e.ga

電影

MP3 72

1 どんな映画(えいが)が好(す)きですか？
do.n.na e.e.ga ga su.ki de.su ka
你喜歡哪種電影呢？

2 アクション映画(えいが)をよく見(み)ます。
a.ku.sho.n e.e.ga o yo.ku mi.ma.su
我常看動作電影。

コメディー	ホラー	SF(エスエフ)
ko.me.di.i	ho.ra.a	e.su.e.fu
喜劇	恐怖	科幻

3 好(す)きな俳優(はいゆう)はいますか？
su.ki.na ha.i.yu.u wa i.ma.su ka
有喜歡的演員嗎？

アイドル	芸能人(げいのうじん)	監督(かんとく)
a.i.do.ru	ge.e.no.o.ji.n	ka.n.to.ku
偶像	藝人	導演

4 主役(しゅやく)の演技(えんぎ)はとても素晴(すば)らしかったです。
shu.ya.ku no e.n.gi wa to.te.mo su.ba.ra.shi.ka.t.ta de.su
主角的演技非常精湛。

脇役(わきやく)	子役(こやく)	悪役(あくやく)
wa.ki.ya.ku	ko.ya.ku	a.ku.ya.ku
配角	兒童角色	反派角色

5 あの映画(えいが)は期待外(きたいはず)れでした。
a.no e.e.ga wa ki.ta.i ha.zu.re de.shi.ta
那部電影很令人失望。

MP3 73

場景08 運動（うんどう）
u.n.do.o

1 私（わたし）は毎日運動（まいにちうんどう）しています。
wa.ta.shi wa ma.i.ni.chi u.n.do.o.shi.te i.ma.su
我每天運動。

2 ゴルフをよくします。
go.ru.fu o yo.ku shi.ma.su
常打高爾夫球。

テニス	スカッシュ	ビリヤード
te.ni.su	su.ka.s.shu	bi.ri.ya.a.do
網球	壁球	撞球

3 最近（さいきん）、筋（きん）トレがブームになっているそうです。
sa.i.ki.n ki.n to.re ga bu.u.mu ni na.t.te i.ru so.o de.su
最近，肌肉訓練聽說成了熱潮。

4 私（わたし）は運動神経（うんどうしんけい）が鈍（にぶ）いです。
wa.ta.shi wa u.n.do.o shi.n.ke.e ga ni.bu.i de.su
我的運動神經很遲鈍。

5 スキーは1度（いちど）もしたことがありません。
su.ki.i wa i.chi.do mo shi.ta ko.to ga a.ri.ma.se.n
我從未滑雪過。

エアロビクス	サーフィン	ダイビング
e.a.ro.bi.ku.su	sa.a.fi.n	da.i.bi.n.gu
跳有氧舞蹈	衝浪	潛水

6 機会（きかい）があれば、やってみたいです。
ki.ka.i ga a.re.ba ya.t.te mi.ta.i de.su
有機會的話，很想試試看。

休息一下！

日本四季的風物詩

日本四季氣候分明，孕育出豐富多變的自然景觀與風土文化，在這得天獨厚的環境下，也培育出日本人對季節更迭的敏銳反應。春天櫻花的燦爛奪目，夏季繡球花給人的涼意，秋天楓葉的火紅與銀杏的鮮黃，冬季靄靄的白雪和刺骨寒風，只要置身其中，就能馬上感受到當下季節的氣息。

除了大自然，從料理和節慶活動也可以感受到日本的季節氛圍。日本人在飲食方面非常講究「**旬の味**」（< shu.n no a.ji >；當令美味），料理時，都會刻意使用應時的食材。例如春天的油菜花、竹筍、山菜，夏天的毛豆、香魚、蠑螺，食欲之秋的鮭魚卵、栗子、松茸、銀杏，以及冬天的海鮮（為了過冬，這時候的海產特別肥美，例如著名的「寒鰤」、「寒比目魚」、「寒蜆」），都是每個季節常見的食材。在這裡要為大家特別介紹的是日本傳統甜點「**和菓子**」（< wa.ga.shi >；和菓子），除了使用當季的食材，外型也深具季節的風味，只要看到粉嫩櫻花造型的和菓子，您就可以知道春天已經到來。

要體會日本四季不同的氣氛，各種應時的節慶活動，也不宜錯過。每年一月第二個星期一的成人節，在街上就會看到身穿高貴典雅和服的新成人們，而五月初，可看到挨家挨戶庭院懸掛著巨大的鯉魚飄，來祈求家中男童的成長。至於夏天，當然是各地舉辦的廟會祭典與納涼會。喜歡浪漫氣氛的朋友，也建議您在十二月前往日本一睹慶祝聖誕節燈飾的燦爛輝煌。您喜歡日本的哪個季節呢？就等您親自去體會玩味囉。

▲日本四時分明，季節更迭時，即使是在街頭也能輕易感受得到大自然的氣息。

MP3 74

場景 09 おんがく 音楽

1 ポップスを聴くのが好きです。
po.p.pu.su o ki.ku no ga su.ki de.su
我喜歡聽流行歌曲。

クラシック	ロック	ソウル
ku.ra.shi.k.ku	ro.k.ku	so.o.ru
古典樂	搖滾樂	靈魂音樂

2 今はレゲエに夢中です。
i.ma wa re.ge.e ni mu.chu.u de.su
目前我對雷鬼很熱中。

3 テンポの速い曲より、スローテンポのほうがいいです。
te.n.po no ha.ya.i kyo.ku yo.ri su.ro.o te.n.po no ho.o ga i.i de.su
與其是快節奏的樂曲，我喜歡慢節奏的。

4 男性歌手で誰が好きですか？
da.n.se.e ka.shu de da.re ga su.ki de.su ka
在男性歌手中，（你）喜歡誰？

5 私は東方神起のファンです。
wa.ta.shi wa to.o.ho.o.shi.n.ki no fa.n de.su
我是東方神起的歌迷。

6 コンサートには毎回行きます。
ko.n.sa.a.to ni wa ma.i.ka.i i.ki.ma.su
演唱會每次都會去。

7 何か楽器をやっていますか？
na.ni ka ga.k.ki o ya.t.te i.ma.su ka
有在玩什麼樂器嗎？

8 ピアノが少(すこ)し弾(ひ)けます。
pi.a.no ga su.ko.shi hi.ke.ma.su
會（彈）點鋼琴。

ギター	バイオリン	チェロ
gi.ta.a	ba.i.o.ri.n	che.ro
吉他	（拉）小提琴	（拉）大提琴

9 昔(むかし)、フルートを習(なら)ったことがあります。
mu.ka.shi fu.ru.u.to o na.ra.t.ta ko.to ga a.ri.ma.su
以前學過長笛。

三味線(しゃみせん)	ハーモニカ	電子(でんし)ピアノ
sha.mi.se.n	ha.a.mo.ni.ka	de.n.shi pi.a.no
三味線	口琴	電子琴

10 時間(じかん)があれば、よくカラオケへ行(い)きます。
ji.ka.n ga a.re.ba yo.ku ka.ra.o.ke e i.ki.ma.su
有時間的話，我常去卡拉OK。

11 よく演歌(えんか)を歌(うた)います。
yo.ku e.n.ka o u.ta.i.ma.su
常唱演歌。

アニメ主題歌(しゅだいか)	ラブソング	民謡(みんよう)
a.ni.me shu.da.i.ka	ra.bu so.n.gu	mi.n.yo.o
卡通主題曲	情歌	民謠

12 私(わたし)の十八番(おはこ)は中島美嘉(なかしまみか)の「雪(ゆき)の華(はな)」です。
wa.ta.shi no o.ha.ko wa na.ka.shi.ma mi.ka no yu.ki no ha.na de.su
我最拿手的是中島美嘉的「雪之花」。

休息一下！

日語會話不可或缺的元素——附和

當別人講話的時候，要仔細聆聽，不可以插嘴，這是眾人皆知的應有禮節。不過，在與日本人交談時，這就不盡然了。除了要仔細聽，還得適時附和，才不會失禮。「附和」，是自己有在聽對方講話的信號，也可讓對方知道你是否對他講話的內容有興趣、認同或理解，否則很容易造成對方的不安。因此適時的「附和」，可說是應有的禮貌，也是讓會話得以圓滑進行的訣竅。

日文程度不好的朋友，若能運用適時附和的技巧，可減少話接不下去的窘狀，甚至還能幫助你更進一步投入會話狀況，享受會話的樂趣呢。常見的附和語，如「ええ」（< e.e >；嗯）、「へー」（< he.e >；咦）、「本当」（< ho.o.to.o >；真的嗎）、「うそ」（< u.so >；你沒騙我吧）、「そうですか」（< so.o de.su ka>；是這樣嗎）、「私もそう思います」（< wa.ta.shi mo so.o o.mo.i.ma.su >；我也是這麼想）、「なるほど」（< na.ru.ho.do>；原來如此、的確）等等。適時的附和若能添加如下會話示範的「真羨慕」、「真好啊」等個人的感想，那就更無懈可擊囉。

男：来週、京都に旅行行くんだ。 ra.i.shu.u kyo.o.to ni ryo.ko.o i.ku n da	男：下星期，要去京都旅行。
女：本当？羨ましい！ ho.n.to.o u.ra.ya.ma.shi.i	女：真的嗎？好羨慕！
男：たまには気分転換しなくちゃね。 ta.ma.ni wa ki.bu.n.te.n.ka.n.shi.na.ku.cha ne	男：偶而不轉換心情不行啊。
女：そうよね。 so.o yo ne	女：當然囉。

第十單元
困擾

場景01 症狀

場景02 受傷

場景03 診療

場景04 藥房

場景05 交通事故

場景06 失竊

場景07 求助

症状（しょうじょう）

1

どうしましたか？

do.o shi.ma.shi.ta ka

怎麼了？

2

頭（あたま）が痛（いた）いんですが……。

a.ta.ma ga i.ta.i n de.su ga

頭很痛……。

胸（むね）	喉（のど）	歯（は）
mu.ne	no.do	ha
胸部	喉嚨	牙齒

3

下痢（げり）が止（と）まらないんです。

ge.ri ga to.ma.ra.na.i n de.su

腹瀉不止。

咳（せき）	くしゃみ	鼻水（はなみず）
se.ki	ku.sha.mi	ha.na.mi.zu
咳嗽	噴嚏	鼻水

4

鼻（はな）が詰（つ）まるんです。

ha.na ga tsu.ma.ru n de.su

鼻子會塞。

5

めまいがするんです。

me.ma.i ga su.ru n de.su

會頭暈。

寒気（さむけ）	吐（は）き気（け）	立（た）ちくらみ
sa.mu.ke	ha.ki.ke	ta.chi.ku.ra.mi
發冷	噁心	站起來發暈

6 胃(い)がもたれるんです。
i ga mo.ta.re.ru n de.su
胃會漲。

7 体(からだ)がだるいんです。
ka.ra.da ga da.ru.i n de.su
渾身無力。

8 目(め)がチクチクするんです。
me ga chi.ku.chi.ku.su.ru n de.su
眼睛感覺刺痛。

9 息(いき)が苦(くる)しいんです。
i.ki ga ku.ru.shi.i n de.su
呼吸很困難。

10 体中(からだじゅう)がかゆいんです。
ka.ra.da.ju.u ga ka.yu.i n de.su
全身很癢。

11 熱(ねつ)はありますか？
ne.tsu wa a.ri.ma.su ka
有發燒嗎？

食欲(しょくよく)	痛(いた)み	出血(しゅっけつ)
sho.ku.yo.ku	i.ta.mi	shu.k.ke.tsu
食慾	疼痛	出血

12 高熱(こうねつ)が続(つづ)いてるんですが……。
ko.o.ne.tsu ga tsu.zu.i.te ru n de.su ga
持續著高燒……。

怪我（けが）
ke.ga

1
足首（あしくび）を挫（くじ）いたようです。
a.shi.ku.bi o ku.ji.i.ta yo.o de.su
腳踝好像扭到了。

2
やけどをしました。
ya.ke.do o shi.ma.shi.ta
燙傷了。

3
浴室（よくしつ）で滑（すべ）って頭（あたま）を打（う）ちました。
yo.ku.shi.tsu de su.be.t.te a.ta.ma o u.chi.ma.shi.ta
在浴室滑倒撞到了頭。

4
骨折（こっせつ）かもしれません。
ko.s.se.tsu ka.mo shi.re.ma.se.n
或許是骨折。

捻挫（ねんざ）
ne.n.za
扭傷

突（つ）き指（ゆび）
tsu.ki.yu.bi
手指戳傷

脱臼（だっきゅう）
da.k.kyu.u
脫臼

5
血（ち）が止（と）まらないんです。
chi ga to.ma.ra.na.i n de.su
血流不止。

6
膝（ひざ）が腫（は）れているんです。
hi.za ga ha.re.te i.ru n de.su
膝蓋腫起來了。

7
骨（ほね）が喉（のど）にひっかかって取（と）れないんです。
ho.ne ga no.do ni hi.k.ka.ka.t.te to.re.na.i n de.su
骨頭卡住喉嚨，拿不出來。

在日本看病

在日本看病很貴，沒有保險的話，即使是個小感冒，也要四、五千日圓。因為日本採取的是健康保險總加入制度，每個人都必須加入「國民健康保險」（自營業、農漁業、失業者等）、「社會健康保險」（一般的上班族）、「共濟組合」（主要為公務員）、「船員保險」等保險來減輕醫療費的負擔。看病時，就學前的兒童只要負擔醫療費的二成、小學生到六十九歲的患者為三成、七十歲到七十四歲的高齡者為一成（計畫提高至二成），七十五歲以上的後期高齡者也是一成。

日本小型醫院的營業時間不長，一般是早上九點到下午六點，除了星期天和假日，平日也有一天或半天的休診日。在休診時間需要看病怎麼辦？可前往「**夜間診療所**」（< ya.ka.n shi.n.ryo.o.jo >；夜間診療所），或「**休日診療所**」（< kyu.u.ji.tsu shi.n.ryo.o.jo >；假日診療所）就診，但費用會比平時高些。若是急診可以打119或直接與大醫院的急診室聯絡（最好不要貿然前往，因醫院體系、設備及應診醫師科目的關係，有些醫院會拒收）。此外，日本的藥妝店一定會有藥劑師駐店，如果您在日本旅遊途中身體不適，若症狀輕微，可請藥劑師為您推薦合適的成藥。最後提醒大家，如果在日本有需要就醫，請別忘了索取「**診断書**」（< shi.n.da.n.sho.o >；醫師診斷書）、「**領収書**」（< ryo.o.shu.u.sho >；收據）、「**明細書**」（< me.e.sa.i.sho.o >；費用明細），回國可申請健保核退，詳細請參閱行政院衛生署相關網頁。

▲日本藥妝店除了是一般女性觀光客自助行程的必遊必敗景點，旅途中若是感覺微恙，當然也可以求助藥劑師幫忙。

MP3 77

しんりょう 診療

1

体温(たいおん)を測(はか)りましょう。
ta.i.o.n o ha.ka.ri.ma.sho.o
量體溫吧。

血圧(けつあつ)	体重(たいじゅう)	身長(しんちょう)
ke.tsu.a.tsu	ta.i.ju.u	shi.n.cho.o
血壓	體重	身高

2

注射(ちゅうしゃ)したほうがいいですね。
chu.u.sha.shi.ta ho.o ga i.i de.su ne
最好打針喔。

点滴(てんてき)	検査(けんさ)	入院(にゅういん)
te.n.te.ki	ke.n.sa	nyu.u.i.n
打點滴	檢查	住院

3

念(ねん)のため、レントゲンも撮(と)りましょう。
ne.n no ta.me re.n.to.ge.n mo to.ri.ma.sho.o
為了慎重起見，也照個X光吧。

4

薬(くすり)のアレルギーはありますか。
ku.su.ri no a.re.ru.gi.i wa a.ri.ma.su ka
對藥物有過敏嗎？

5

抗生物質(こうせいぶっしつ)を飲(の)めば良(よ)くなります。
ko.o.se.e bu.s.shi.tsu o no.me.ba yo.ku na.ri.ma.su
服下抗生素就會好起來。

下剤(げざい)	整腸剤(せいちょうざい)	鎮痛剤(ちんつうざい)
ge.za.i	se.e.cho.o.za.i	chi.n.tsu.u.za.i
瀉藥	整腸藥	止痛藥

6 シロップでいいですか？
shi.ro.p.pu de i.i de.su ka
用糖漿好嗎？

錠剤（じょうざい）	粉薬（こなぐすり）	漢方薬（かんぽうやく）
jo.o.za.i	ko.na.gu.su.ri	ka.n.po.o.ya.ku
藥丸	藥粉	中藥

7 薬（くすり）はどのように飲（の）めばいいですか？
ku.su.ri wa do.no yo.o.ni no.me.ba i.i de.su ka
藥該怎麼服用才好呢？

8 1日3回（いちにちさんかい）、食後（しょくご）に飲（の）んでください。
i.chi.ni.chi sa.n.ka.i sho.ku.go ni no.n.de ku.da.sa.i
一天三次，飯後服用。

食前（しょくぜん）	食間（しょっかん）
sho.ku.ze.n	sho.k.ka.n
飯前	飯間

9 トローチを出（だ）してもらえますか？
to.ro.o.chi o da.shi.te mo.ra.e.ma.su ka
能開喉片給我嗎？

湿布（しっぷ）	うがい薬（くすり）	解熱剤（げねつざい）
shi.p.pu	u.ga.i.gu.su.ri	ge.ne.tsu.za.i
藥布	漱口藥水	退燒藥

10 お大事（だいじ）に。
o da.i.ji ni
請保重。

やっきょく 薬局 ya.k.kyo.ku

1

近（ちか）くに薬局（やっきょく）はありますか？

chi.ka.ku ni ya.k.kyo.ku wa a.ri.ma.su ka

附近有藥房嗎？

2

処方箋（しょほうせん）がなくても買（か）えますか？

sho.ho.o.se.n ga na.ku.te mo ka.e.ma.su ka

沒有處方箋也可以買嗎？

3

風邪薬（かぜぐすり）が欲（ほ）しいんですが……。

ka.ze.gu.su.ri ga ho.shi.i n de.su ga

我想要感冒藥……。

胃薬（いぐすり）	便秘薬（べんぴやく）	目薬（めぐすり）
i.gu.su.ri	be.n.pi.ya.ku	me.gu.su.ri
胃藥	便秘藥	眼藥水

4

速（はや）く効（き）くのをください。

ha.ya.ku ki.ku no o ku.da.sa.i

請給我快速有效的。

5

この薬（くすり）は副作用（ふくさよう）がありますか？

ko.no ku.su.ri wa fu.ku.sa.yo.o ga a.ri.ma.su ka

這個藥有副作用嗎？

6

包帯（ほうたい）はどこに置（お）いてありますか？

ho.o.ta.i wa do.ko ni o.i.te a.ri.ma.su ka

繃帶放在哪裡呢？

絆創膏（ばんそうこう）	消毒液（しょうどくえき）	滅菌ガーゼ（めっきん）
ba.n.so.o.ko.o	sho.o.do.ku.e.ki	me.k.ki.n ga.a.ze
OK繃	消毒水	消毒紗布

常見病名、醫院科名一覽表

常見病名及相關表現

かぜ 風邪 < ka.ze > 感冒	インフルエンザ < i.n.fu.ru.e.n.za > 流行性感冒	きかんしえん 気管支炎 < ki.ka.n.shi.e.n > 支氣管炎	ぜんそく 喘息 < ze.n.so.ku > 氣喘
はいえん 肺炎 < ha.i.e.n > 肺炎	へんとうせんえん 扁桃腺炎 < he.n.to.o.se.n.e.n > 扁桃腺炎	きゅうせいいちょうえん 急性胃腸炎 < kyu.u.se.e i.cho.o.e.n > 急性腸胃炎	しょくちゅうどく 食中毒 < sho.ku.chu.u.do.ku > 食物中毒
しょうかふりょう 消化不良 < sho.o.ka.fu.ryo.o > 消化不良	しょくよくふしん 食欲不振 <sho.ku.yo.ku fu.shi.n > 食慾不振	いかいよう 胃潰瘍 <i.ka.i.yo.o > 胃潰瘍	もうちょうえん 盲腸炎 < mo.o.cho.o.e.n > 盲腸炎
べんぴ 便秘 < be.n.pi > 便秘	じ 痔 < ji > 痔瘡	せいりつう 生理痛 < se.e.ri.tsu.u > 生理痛	めまい < me.ma.i > 暈眩
ずつう 頭痛 < zu.tsu.u > 頭痛	ふみんしょう 不眠症 < fu.mi.n.sho.o > 失眠症	ほっしん 発疹 < ho.s.shi.n > 起疹	アレルギー < a.re.ru.gi.i > 過敏
つうふう 痛風 < tsu.u.fu.u > 痛風	こう てい けつあつ 高（低）血圧 < ko.o te.e ke.tsu.a.tsu > 高（低）血壓	ひんけつ 貧血 < hi.n.ke.tsu > 貧血	ねっしゃびょう 熱射病 < ne.s.sha.byo.o > 中暑
とうにょうびょう 糖尿病 <to.o.nyo.o.byo.o > 糖尿病	だっきゅう 脱臼 < da.k.kyu.u > 脫臼	き きず 切り傷 < ki.ri.ki.zu > 割傷	す きず 擦り傷 < su.ri.ki.zu > 擦傷
こっせつ 骨折 < ko.s.se.tsu > 骨折	だぼく 打撲 < da.bo.ku > 跌打損傷	やけど < ya.ke.do > 燙傷	ふつか よ 二日酔い < fu.tsu.ka.yo.i > 宿醉

常見醫院科名

ないか 内科 < na.i.ka > 內科	げか 外科 < ge.ka > 外科	しょうにか 小児科 < sho.o.ni.ka > 小兒科	ひふか 皮膚科 < hi.fu.ka > 皮膚科
じびいんこうか 耳鼻咽喉科 < ji.bi.i.n.ko.o.ka > 耳鼻喉科	がんか 眼科 < ga.n.ka > 眼科	しか 歯科 < shi.ka > 牙科	さんふじんか 産婦人科 < sa.n.fu.ji.n.ka > 婦產科
しんりょうないか 心療内科 <shi.n.ryo.o.na.i.ka > 精神科	いちょうか 胃腸科 < i.cho.o.ka > 腸胃科	ひにょうきか 泌尿器科 < hi.nyo.o.ki.ka > 泌尿科	か リハビリ科 < ri.ha.bi.ri.ka > 復健科

1 彼女(かのじょ)は車(くるま)にぶつけられました。
ka.no.jo wa ku.ru.ma ni bu.tsu.ke.ra.re.ma.shi.ta
她被車撞了。

2 ひき逃(に)げの容疑者(ようぎしゃ)はまだ見付(みつ)かりません。
hi.ki.ni.ge no yo.o.gi.sha wa ma.da mi.tsu.ka.ri.ma.se.n
肇事逃逸嫌犯尚未找到。

3 昨日(きのう)の玉突(たまつ)き事故(じこ)でけが人(にん)が出(で)ました。
ki.no.o no ta.ma.tsu.ki ji.ko de ke.ga.ni.n ga de.ma.shi.ta
在昨日的連環車禍，有人受傷了。

4 車(くるま)はグシャグシャです。
ku.ru.ma wa gu.sha.gu.sha de.su
車子面目全非。

5 飲酒運転(いんしゅうんてん)が原因(げんいん)だそうです。
i.n.shu.u.n.te.n ga ge.n.i.n da so.o de.su
原因聽說是酒後駕車。

よそ見(み)
yo.so.mi
不注意前方

スピード違反(いはん)
su.pi.i.do i.ha.n
違規超速

信号無視(しんごうむし)
shi.n.go.o mu.shi
闖紅燈

6 タイヤがパンクしてしまいました。
ta.i.ya ga pa.n.ku.shi.te shi.ma.i.ma.shi.ta
輪胎爆胎了。

7 幸(さいわ)いなことに車(くるま)のドアが少(すこ)し凹(へこ)んだだけでした。
sa.i.wa.i.na ko.to ni ku.ru.ma no do.a ga su.ko.shi he.ko.n.da da.ke de.shi.ta
幸好，只是車門有點凹陷而已。

とうなん 盗難 to.o.na.n

失竊

MP3 80

1

どろぼう
泥棒だ！

do.ro.bo.o da

小偷！

スリ	へんたい 変態	ちかん 痴漢
su.ri	he.n.ta.i	chi.ka.n
扒手	變態	色狼

2

どろぼう　はい
泥棒に入られました。

do.ro.bo.o ni ha.i.ra.re.ma.shi.ta

家裡遭小偷。

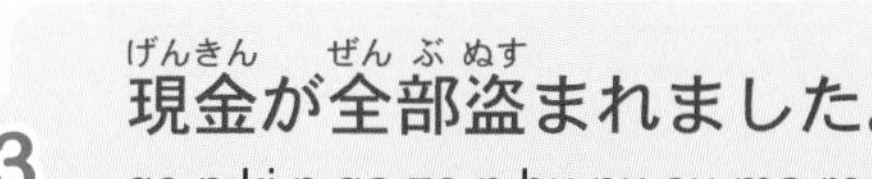

3

げんきん　ぜんぶ ぬす
現金が全部盗まれました。

ge.n.ki.n ga ze.n.bu nu.su.ma.re.ma.shi.ta

現金全被偷走了。

4

へや　どろぼう　はちあ
部屋で泥棒と鉢合わせしました。

he.ya de do.ro.bo.o to ha.chi.a.wa.se.shi.ma.shi.ta

在房間與小偷碰個正著。

5

ごうとう　も　あ
強盗と揉み合いになりました。

go.o.to.o to mo.mi.a.i ni na.ri.ma.shi.ta

和強盜扭打在一起。

6

でんしゃ　なか　さいふ
電車の中で財布をすられました。

de.n.sha no na.ka de sa.i.fu o su.ra.re.ma.shi.ta

在電車裡錢包被扒走了。

7

あ す　ちゅうい
空き巣に注意してください。

a.ki.su ni chu.u.i.shi.te ku.da.sa.i

請注意闖空門。

場景07 助(たす)けを求(もと)める 求助

ta.su.ke o mo.to.me.ru

1 助(たす)けて！
ta.su.ke.te
救命啊！

2 警察(けいさつ)を呼(よ)んでください。
ke.e.sa.tsu o yo.n.de ku.da.sa.i
請叫警察。

救急車(きゅうきゅうしゃ)
kyu.u.kyu.u.sha
救護車

消防車(しょうぼうしゃ)
sho.o.bo.o.sha
消防車

警備員(けいびいん)
ke.e.bi.i.n
警衛

3 交番(こうばん)はどこですか？
ko.o.ba.n wa do.ko de.su ka
派出所在哪裡？

迷子(まいご)センター
ma.i.go se.n.ta.a
走失兒童中心

救急病院(きゅうきゅうびょういん)
kyu.u.kyu.u.byo.o.i.n
急救醫院

サービスカウンター
sa.a.bi.su ka.u.n.ta.a
服務櫃檯

4 店(みせ)に鞄(かばん)を忘(わす)れてしまったんですが……。
mi.se ni ka.ba.n o wa.su.re.te shi.ma.t.ta n de.su ga
我把皮包忘在店裡了……。

5 確認(かくにん)していただけますか？
ka.ku.ni.n.shi.te i.ta.da.ke.ma.su ka
能麻煩替我確認嗎？

6 もし見(み)つかったら、連絡(れんらく)していただけますか？
mo.shi mi.tsu.ka.t.ta.ra re.n.ra.ku.shi.te i.ta.da.ke.ma.su ka
如果找到的話，能通知我嗎？

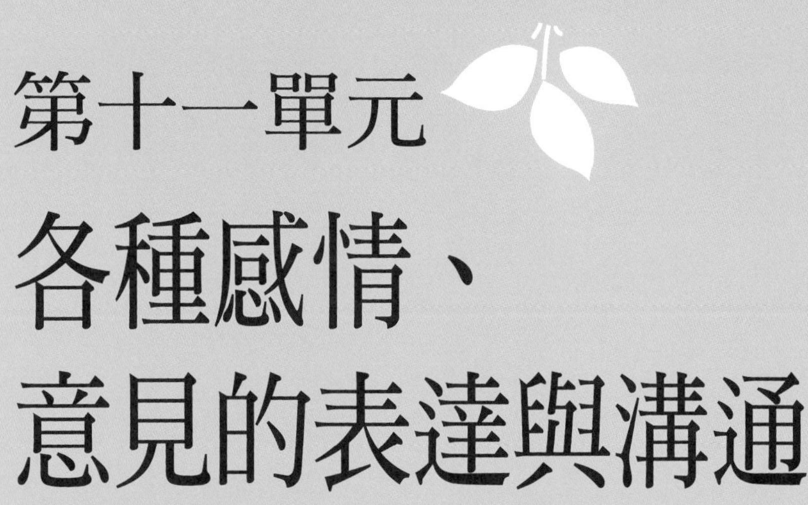

第十一單元
各種感情、意見的表達與溝通

場景01 喜悅・快樂

場景02 充實感・感動

場景03 可笑・有趣

場景04 安穩・療癒

場景05 悲傷・痛苦

場景06 恐懼・寂寞

場景07 憤怒

場景08 驚訝

場景09 同意・肯定

場景10 否定・反對

場景11 回問

場景12 責備

場景13 鼓勵・建議

場景01 うれしい・楽しい 喜悅・快樂

u.re.shi.i ta.no.shi.i

1 本当にうれしいです。
ho.n.to.o ni u.re.shi.i de.su
真的高興。

すごく
su.go.ku
超級、非常

とても
to.te.mo
非常

2 やった！
ya.t.ta
我做到了！

3 よかったです。
yo.ka.t.ta de.su
太好了。

4 幸せです。
shi.a.wa.se de.su
好幸福。

5 わくわくします。
wa.ku.wa.ku.shi.ma.su
真讓人興奮、期待。

6 今日は本当に楽しかったです。
kyo.o wa ho.n.to.o ni ta.no.shi.ka.t.ta de.su
今天真的很開心。

7 あなたといると何をしても楽しいです。
a.na.ta to i.ru to na.ni o shi.te mo ta.no.shi.i de.su
和你在一起，做什麼都很快樂。

場景02 充実感（じゅうじつかん）・感動（かんどう） 充實感・感動

ju.u.ji.tsu.ka.n ka.n.do.o

MP3 83

1 とても満足（まんぞく）しています。
to.te.mo ma.n.zo.ku.shi.te i.ma.su
非常滿足。

2 努力（どりょく）した甲斐（かい）があります。
do.ryo.ku.shi.ta ka.i ga a.ri.ma.su
有努力的價值。

3 もう思（おも）い残（のこ）すことはありません。
mo.o o.mo.i.no.ko.su ko.to wa a.ri.ma.se.n
已經沒有遺憾。

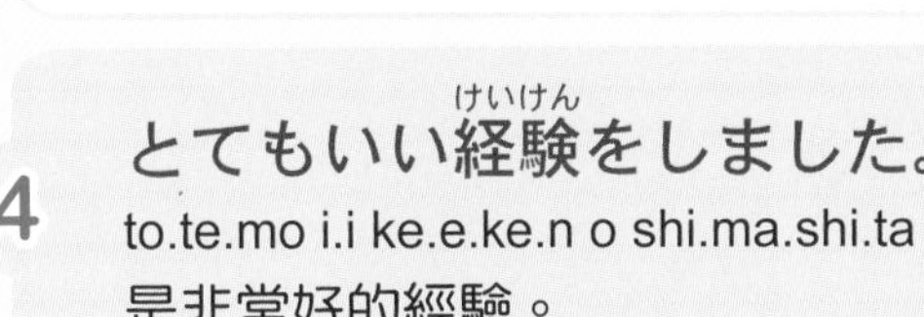

4 とてもいい経験（けいけん）をしました。
to.te.mo i.i ke.e.ke.n o shi.ma.shi.ta
是非常好的經驗。

5 非常（ひじょう）に感動（かんどう）しました。
hi.jo.o ni ka.n.do.o.shi.ma.shi.ta
非常感動。

6 胸（むね）がいっぱいです。
mu.ne ga i.p.pa.i de.su
百感交集。

7 ジーンと来（き）ました。
ji.i.n to ki.ma.shi.ta
忍不住讓人鼻酸。

8 思（おも）わず涙（なみだ）が出（で）ました。
o.mo.wa.zu na.mi.da ga de.ma.shi.ta
忍不住流下眼淚。

おかしい・おもしろい 可笑・有趣

o.ka.shi.i o.mo.shi.ro.i

1 おもしろくてたまりません。
o.mo.shi.ro.ku.te ta.ma.ri.ma.se.n
有趣的不得了。

2 笑(わら)いが止(と)まらないほどおかしかったです。
wa.ra.i ga to.ma.ra.na.i ho.do o.ka.shi.ka.t.ta de.su
可笑得讓人笑個不停。

3 あのお笑(わら)い芸人(げいにん)って、すごくおもしろいですね。
a.no o.wa.ra.i ge.e.ni.n t.te su.go.ku o.mo.shi.ro.i de.su ne
那位搞笑藝人，非常有趣耶。

4 おかしすぎて笑(わら)っちゃいました。
o.ka.shi.su.gi.te wa.ra.c.cha.i.ma.shi.ta
太滑稽了，忍不住笑了出來。

5 今(いま)のギャグ、受(う)けました。
i.ma no gya.gu u.ke.ma.shi.ta
剛才的笑話（搞笑），好笑。

6 こんなおもしろい話(はなし)、初(はじ)めて聞(き)きました。
ko.n.na o.mo.shi.ro.i ha.na.shi ha.ji.me.te ki.ki.ma.shi.ta
這麼有趣的事情，還是初次耳聞。

7 そんなにおかしいですか？
so.n.na ni o.ka.shi.i de.su ka
有那麼好笑嗎？

8 笑(わら)い者(もの)にしないでください。
wa.ra.i.mo.no ni shi.na.i.de ku.da.sa.i
請別把我當笑話。

安穩・療癒

MP3 85

1 ヒーリング系(けい)の音楽(おんがく)を聴(き)くと、心(こころ)が安(やす)らぎます。
hi.i.ri.n.gu ke.e no o.n.ga.ku o ki.ku to ko.ko.ro ga ya.su.ra.gi.ma.su
聽了療癒系的音樂，內心就會安穩。

2 座禅(ざぜん)を組(く)むと、心(こころ)が静(しず)まります。
za.ze.n o ku.mu to ko.ko.ro ga shi.zu.ma.ri.ma.su
坐禪的話，心靈就會平靜。

3 ココアを飲(の)むと、なんだかホッとします。
ko.ko.a o no.mu to na.n.da.ka ho.t.to.shi.ma.su
總覺得喝可可，就會放鬆。

4 肩(かた)の荷(に)がようやく下(お)りました。
ka.ta no ni ga yo.o.ya.ku o.ri.ma.shi.ta
肩上的重擔終於卸下了。

5 アロマテラピーには癒(いや)し効果(こうか)があるそうです。
a.ro.ma.te.ra.pi.i ni wa i.ya.si ko.o.ka ga a.ru so.o de.su
聽說花草療法，有療癒的效果。

ペット pe.t.to 寵物	草花(くさばな) ku.sa.ba.na 花草	温泉(おんせん) o.n.se.n 溫泉

6 やはり我(わ)が家(や)は居心地(いごこち)がいいですね。
ya.ha.ri wa.ga.ya wa i.go.ko.chi ga i.i de.su ne
還是自己的家舒適啊。

7 バリ島(とう)のビーチでのんびりするのが夢(ゆめ)です。
ba.ri.to.o no bi.i.chi de no.n.bi.ri.su.ru no ga yu.me de.su
在峇里島的海岸盡情放鬆，是我的夢想。

悲しい・辛い

ka.na.shi.i tsu.ra.i

悲傷・痛苦

1 なぜか彼女(かのじょ)は急(きゅう)に泣(な)き出(だ)しました。

na.ze ka ka.no.jo wa kyu.u ni na.ki.da.shi.ma.shi.ta

不知為何她突然哭出來了。

2 どうか悲(かな)しまないでください。

do.o.ka ka.na.shi.ma.na.i.de ku.da.sa.i

請不要悲傷。

3 その話(はなし)を聞(き)くと、思(おも)わず悲(かな)しくなります。

so.no ha.na.shi o ki.ku to o.mo.wa.zu ka.na.shi.ku.na.ri.ma.su

聽了那席話，忍不住悲傷起來。

4 なんとか涙(なみだ)をこらえました。

na.n.to.ka na.mi.da o ko.ra.e.ma.shi.ta

好不容易忍住了淚水。

怒(いか)り	笑(わら)い	悲(かな)しみ
i.ka.ri	wa.ra.i	ka.na.shi.mi
憤怒	笑	悲傷

5 遠距離恋愛(えんきょりれんあい)は辛(つら)いです。

e.n.kyo.ri re.n.a.i wa tsu.ra.i de.su

遠距離戀愛很辛苦。

単身赴任(たんしんふにん)	連日残業(れんじつざんぎょう)	がん治療(ちりょう)
ta.n.shi.n.fu.ni.n	re.n.ji.tsu za.n.gyo.o	ga.n chi.ryo.o
單身赴任	連日加班	癌症治療

6 私(わたし)も心苦(こころぐる)しいです。

wa.ta.shi mo ko.ko.ro.gu.ru.shi.i de.su

我也是很難受。

場景 06

怖(こわ)い・寂(さび)しい

ko.wa.i sa.bi.shi.i

恐懼・寂寞

MP3 87

1 1人暮(ひとりぐ)らしは寂(さび)しいですね。
hi.to.ri.gu.ra.shi wa sa.bi.shi.i de.su ne
一個人生活真是寂寞啊。

2 ずっと側(そば)にいるって言(い)ったじゃないですか。
zu.t.to so.ba ni i.ru t.te i.t.ta ja na.i de.su ka
你不是說要永遠待在我身旁嗎？

3 独(ひと)りぼっちのクリスマスは寂(さび)しいです。
hi.to.ri.bo.c.chi no ku.ri.su.ma.su wa sa.bi.shi.i de.su
孤獨一人的聖誕節很寂寞。

バレンタイン	休日(きゅうじつ)	旅行(りょこう)
ba.re.n.ta.i.n	kyu.u.ji.tsu	ryo.ko.o
情人節	假日	旅行

4 私(わたし)、怖(こわ)がりなんです。
wa.ta.shi ko.wa.ga.ri.na n de.su
我，是膽小鬼。

5 彼(かれ)は怖(こわ)いもの知(し)らずです。
ka.re wa ko.wa.i mo.no shi.ra.zu de.su
他膽子很大。

6 死(し)ぬほどお化(ば)けが怖(こわ)いです。
shi.nu ho.do o.ba.ke ga ko.wa.i de.su
我怕鬼怕死了。

7 高所恐怖症(こうしょきょうふしょう)なんです。
ko.o.sho.kyo.o.fu.sho.o.na n de.su
我有懼高症。

怒り（いか）i.ka.ri

憤怒

1 また私（わたし）を怒（おこ）らせるつもりですか？
ma.ta wa.ta.shi o o.ko.ra.se.ru tsu.mo.ri de.su ka
又想惹我生氣了嗎？

2 怒（おこ）ってるんですか？
o.ko.t.te ru n de.su ka
你在生氣嗎？

3 怒（おこ）らないでください。
o.ko.ra.na.i.de ku.da.sa.i
請不要生氣。

4 いい加減（かげん）にしてください。
i.i ka.ge.n ni shi.te ku.da.sa.i
請給我有點分寸。

5 彼（かれ）の態度（たいど）には腹（はら）が立（た）ちます。
ka.re no ta.i.do ni wa ha.ra ga ta.chi.ma.su
他的態度讓人生氣。

6 みんな自分勝手（じぶんかって）で頭（あたま）にきます。
mi.n.na ji.bu.n.ka.t.te de a.ta.ma ni ki.ma.su
大家都只顧自己，真令人火大。

7 彼女（かのじょ）はキレると怖（こわ）いですよ。
ka.no.jo wa ki.re.ru to ko.wa.i de.su yo
她要爆發起來的話，可是很恐怖的喔。

8 ふざけないでください。
fu.za.ke.na.i.de ku.da.sa.i
請不要耍我。

おどろ 驚き o.do.ro.ki

驚訝

MP3 89

1 驚(おどろ)いた！
o.do.ro.i.ta
嚇我一跳！

2 びっくりさせないでくださいよ！
bi.k.ku.ri.sa.se.na.i.de ku.da.sa.i yo
請別嚇我啦！

3 信(しん)じられません。
shi.n.ji.ra.re.ma.se.n
難以置信。

4 ありえない！
a.ri.e.na.i
不可能！

5 本当(ほんとう)ですか？
ho.n.to.o de.su ka
真的嗎？

6 すごくショックです。
su.go.ku sho.k.ku de.su
非常令人震驚。

7 そんなはずないでしょう。
so.n.na ha.zu na.i de.sho.o
沒那種可能吧。

8 まったくの予想外(よそうがい)です。
ma.t.ta.ku no yo.so.o.ga.i de.su
完全出乎意料之外。

どうい　こうてい
同意・肯定
do.o.i ko.o.te.e

1
いいですよ。
i.i de.su yo
好啊。

2
わ
分かりました。
wa.ka.ri.ma.shi.ta
我知道了。

3
さんせい
賛成です。
sa.n.se.e de.su
贊成。

はんたい
反対
ha.n.ta.i
反對

おな
同じ
o.na.ji
一樣

4
なるほど、ごもっともです。
na.ru.ho.do go mo.t.to.mo de.su
的確，您說的真對。

5
とお
まさにおっしゃる通りです。
ma.sa.ni o.s.sha.ru to.o.ri de.su
正如您所說的。

6
そうかもしれません。
so.o ka.mo shi.re.ma.se.n
或許是那樣。

7
わたし　おも
私もそう思います。
wa.ta.shi mo so.o o.mo.i.ma.su
我也是那麼想。

8
あ　まえ
当たり前でしょう。
a.ta.ri.ma.e de.sho.o
理所當然嘛。

否定・反對

MP3 91

1 なにか勘違(かんちが)いしてませんか？
na.ni.ka ka.n.chi.ga.i.shi.te ma.se.n ka
你是不是哪裡搞錯了？

2 うまくいくわけがないでしょう。
u.ma.ku i.ku wa.ke ga na.i de.sho.o
沒有順利的道理吧。

3 とんでもないです。
to.n.de.mo na.i de.su
怎麼可以。

4 それはどうでしょう？
so.re wa do.o de.sho.o
那可行嗎？

5 私(わたし)だったらそんなことはしません。
wa.ta.shi da.t.ta.ra so.n.na ko.to wa shi.ma.se.n
要是我的話，才不幹那種事。

6 やめた方(ほう)がいいですよ。
ya.me.ta ho.o ga i.i de.su yo
還是算了吧。

7 絶対後悔(ぜったいこうかい)しますよ。
ze.t.ta.i ko.o.ka.i.shi.ma.su yo
鐵定後悔喔。

8 その点(てん)については賛同(さんどう)できません。
so.no te.n ni tsu.i.te wa sa.n.do.o de.ki.ma.se.n
關於那點，我無法贊同。

回問

1 あまり聞き取れないんですが……。
a.ma.ri ki.ki.to.re.na.i n de.su ga
聽不太清楚……。

2 おっしゃることが分かりません。
o.s.sha.ru ko.to ga wa.ka.ri.ma.se.n
不知道您在說什麼。

3 もう1度繰り返してもらえますか？
mo.o i.chi.do ku.ri.ka.e.shi.te mo.ra.e.ma.su ka
能再重複一遍嗎？

4 もう少しゆっくり話してくれませんか？
mo.o su.ko.shi yu.k.ku.ri ha.na.shi.te ku.re.ma.se.n ka
能不能為我再說慢一點？

5 もっと簡単な日本語で説明してくれませんか？
mo.t.to ka.n.ta.n.na ni.ho.n.go de se.tsu.me.e.shi.te ku.re.ma.se.n ka
能以更簡單的日語為我說明嗎？

6 詳しく教えてもらえますか？
ku.wa.shi.ku o.shi.e.te mo.ra.e.ma.su ka
能詳細地告訴我嗎？

7 ここに書いてもらえますか？
ko.ko ni ka.i.te mo.ra.e.ma.su ka
能幫我寫在這裡嗎？

8 つづり方を教えてくれますか？
tsu.zu.ri ka.ta o o.shi.e.te ku.re.ma.su ka
能教我拼法嗎？

非難（ひなん） hi.na.n

責備

MP3 93

1 何回言ったら分かるんですか？（なんかい い / わ）
na.n.ka.i i.t.ta.ra wa.ka.ru n de.su ka
要說幾次才會懂呢？

2 ちゃんと聞いてるんですか？（き）
cha.n.to ki.i.te ru n de.su ka
有在認真聽嗎？

3 そんなことしちゃだめでしょう。
so.n.na ko.to shi.cha da.me de.sho.o
不能做那種事吧！

4 人のせいにするな。（ひと）
hi.to no se.e ni su.ru na
不要推卸給別人。

5 言いたいことがあったら言いなさい。（い / い）
i.i.ta.i ko.to ga a.t.ta.ra i.i.na.sa.i
有話想說的話就說。

6 全部あなたのせいです。（ぜんぶ）
ze.n.bu a.na.ta no se.e de.su
全部都是你的錯。

7 本当に最低です。（ほんとう / さいてい）
ho.n.to.o ni sa.i.te.e de.su
真的很差勁。

卑怯（ひきょう）	横柄（おうへい）	頑固（がんこ）
hi.kyo.o	o.o.he.e	ga.n.ko
卑鄙	傲慢	頑固

場景13 励(はげ)まし・アドバイス 鼓勵・建議

MP3 94

ha.ge.ma.shi a.do.ba.i.su

1 あなたなら、きっとできます。
a.na.ta na.ra ki.t.to de.ki.ma.su
你的話，一定辦得到。

2 気(き)を落(お)とさないでください。
ki o o.to.sa.na.i.de ku.da.sa.i
請不要氣餒。

3 あんまり思(おも)いつめないでください。
a.n.ma.ri o.mo.i.tsu.me.na.i.de ku.da.sa.i
請不要太鑽牛角尖。

4 心配(しんぱい)しないでください。
shi.n.pa.i.shi.na.i.de ku.da.sa.i
請不要擔心。

5 悪(わる)い方(ほう)にばかり考(かんが)えないでください。
wa.ru.i ho.o ni ba.ka.ri ka.n.ga.e.na.i.de ku.da.sa.i
請不要盡往壞處想。

6 弁護士(べんごし)と相談(そうだん)してみたらどうですか？
be.n.go.shi to so.o.da.n.shi.te mi.ta.ra do.o de.su ka
和律師商量看看如何呢？

7 またがんばればいいじゃないですか。
ma.ta ga.n.ba.re.ba i.i ja na.i de.su ka
再努力不就好了嗎？

8 元気(げんき)を出(だ)して、ファイト！
ge.n.ki o da.shi.te fa.i.to
打起精神，加油！

附　錄

有關數字的用法

▶數字

▶時間

▶年・月・日

▶常用數量詞

數字

日語中有二種數字的表示方法，一個是「一、二……」，也就是「漢語」的數詞表示法，使用在電話號碼或價錢、歲數、日期等後面接有單位的數量詞（但有少數例外）。

另外一個是如「一つ」、「一人」等「和語」的數詞，初學者或許得花點時間來背誦，不過只要習慣就能得心應手喔。

數字

いち 一 < i.chi >	に 二 < ni >	さん 三 < sa.n >	し/よん 四 < shi / yo.n >
ご 五 < go >	ろく 六 < ro.ku >	しち/なな 七 < shi.chi / na.na >	はち 八 < ha.chi >
きゅう/く 九 < kyu.u / ku >	じゅう 十 < ju.u >	に じゅう 二十 < ni.ju.u >	さんじゅう 三十 < sa.n.ju.u >
よんじゅう 四十 < yo.n.ju.u >	ご じゅう 五十 < go.ju.u >	ろくじゅう 六十 < ro.ku.ju.u >	ななじゅう 七十 < na.na.ju.u >
はちじゅう 八十 < ha.chi.ju.u >	きゅうじゅう 九十 < kyu.u.ju.u >	ひゃく 百 < hya.ku >	せん 千 < se.n >
まん 万 < ma.n >	おく 億 < o.ku >	ちょう 兆 < cho.o >	

特殊念法

さんびゃく 三百 < sa.n.bya.ku >	ろっぴゃく 六百 < ro.p.pya.ku >	はっぴゃく 八百 < ha.p.pya.ku >	さんぜん 三千 < sa.n.ze.n >	はっせん 八千 < ha.s.se.n >

年・月・日

にせんきゅうねん じゅうに がつ にじゅうご にち
2009 年 12 月 25 日
ni.se.n.kyu.u.ne.n ju.u.ni.ga.tsu ni.ju.u.go.ni.chi
二〇〇九年十二月二十五日

年份和月份在「一(いち)、二(に)……」數字的後面加上「年(ねん)」、「月(がつ)」即可，至於日期如下。

日期

ついたち 一日 < tsu.i.ta.chi >	ふつか 二日 < fu.tsu.ka >	みっか 三日 < mi.k.ka >	よっか 四日 < yo.k.ka >
いつか 五日 < i.tsu.ka >	むいか 六日 < mu.i.ka >	なのか 七日 < na.no.ka >	ようか 八日 < yo.o.ka >
ここのか 九日 < ko.ko.no.ka >	とおか 十日 < to.o.ka >	じゅうよっか 十四日 < ju.u.yo.k.ka >	じゅうしちにち 十七日 < ju.u.shi.chi.ni.chi >
じゅうくにち 十九日 < ju.u.ku.ni.chi >	はつか 二十日 < ha.tsu.ka >	さんじゅうにち 三十日 < sa.n.ju.u.ni.chi >	さんじゅういちにち 三十一日 < sa.n.ju.u i.chi.ni.chi >

星期

にちようび 日曜日 < ni.chi.yo.o.bi > 星期天	げつようび 月曜日 < ge.tsu.yo.o.bi > 星期一	かようび 火曜日 < ka.yo.o.bi > 星期二	すいようび 水曜日 < su.i.yo.o.bi > 星期三
もくようび 木曜日 < mo.ku.yo.o.bi > 星期四	きんようび 金曜日 < ki.n.yo.o.bi > 星期五	どようび 土曜日 < do.yo.o.bi > 星期六	なんようび 何曜日 < na.n.yo.o.bi > 星期幾

時間

午前(ごぜん)、[8(はち)]時(じ)[4 3分(よんじゅうさんぷん)]です。

go.ze.n ha.chi.ji yo.n.ju.u.sa.n.pu.n de.su

上午八點四十三分。

要表示幾點，在「一(いち)、二(に)……」數字的後面加上「時(じ)」即可，例如「七時(しちじ)」、「十二時(じゅうにじ)」。至於幾分的念法，除了某些數字有特殊念法之外，「分(ふん)」也會隨著前面的數字發生如下的變化，請特別留意。

分

いっぷん 一分 < i.p.pu.n > 一分	にふん 二分 < ni.fu.n > 二分	さんぷん 三分 < sa.n.pu.n > 三分	よんぷん 四分 < yo.n.pu.n > 四分
ごふん 五分 < go.fu.n > 五分	ろっぷん 六分 < ro.p.pu.n> 六分	しち/ななふん 七 分 <shi.chi / na.na.fu.n > 七分	はっぷん 八分 < ha.p.pu.n > 八分
きゅうふん 九分 < kyu.u.fu.n > 九分	じゅっ/じっぷん 十 分 < ju.p / ji.p.pu.n > 十分	さんじゅうきゅうふん 三十九分 < sa.n.ju.u.kyu.u.fu.n > 三十九分	ごじゅういっぷん 五十一分 < go.ju.u.i.p.pu.n > 五十一分

常用數量詞

個（漢語用法）

いっこ 一個 < i.k.ko > 一個	にこ 二個 < ni.ko > 二個	さんこ 三個 < sa.n.ko > 三個	よんこ 四個 < yo.n.ko > 四個
ごこ 五個 < go.ko > 五個	ろっこ 六個 < ro.k.ko > 六個	ななこ 七個 < na.na.ko > 七個	はっこ 八個 < ha.k.ko > 八個
きゅうこ 九個 < kyu.u.ko > 九個	じゅっこ 十個 < ju.k.ko > 十個	なんこ 何個 < na.n.ko > 幾個	

個（和語用法）

ひと 一つ < hi.to.tsu > 一個	ふた 二つ < fu.ta.tsu > 二個	みっ 三つ < mi.t.tsu > 三個	よっ 四つ < yo.t.tsu > 四個
いつ 五つ < i.tsu.tsu > 五個	むっ 六つ < mu.t.tsu > 六個	なな 七つ < na.na.tsu > 七個	やっ 八つ < ya.t.tsu > 八個
ここの 九つ < ko.ko.no.tsu > 九個	とお 十 < to.o > 十個	いく 幾つ < i.ku.tsu > 幾個	

人數

ひとり 一人 < hi.to.ri > 一個人	ふたり 二人 < fu.ta.ri > 二個人	さんにん 三人 < sa.n.ni.n > 三個人	よ にん 四人 < yo.ni.n > 四個人
ご にん 五人 < go.ni.n > 五個人	ろくにん 六人 < ro.ku.ni.n > 六個人	しち/ななにん 七 人 < shi.chi / na.na.ni.n > 七個人	はちにん 八人 < ha.chi.ni.n > 八個人
きゅうにん 九人 < kyu.u.ni.n > 九個人	じゅうにん 十人 < ju.u.ni.n > 十個人	なんにん 何人 < na.n.ni.n > 幾個人	

人份

いちにんまえ 一人前 < i.chi.ni.n.ma.e > 一人份	に にんまえ 二人前 < ni.ni.n.ma.e > 二人份	さんにんまえ 三人前 < sa.n.ni.n.ma.e > 三人份	よ にんまえ 四人前 < yo.ni.n.ma.e > 四人份
ご にんまえ 五人前 < go.ni.n.ma.e > 五人份	ろくにんまえ 六人前 < ro.ku.ni.n.ma.e > 六人份	しち/ななにんまえ 七 人前 < shi.chi / na.na.ni.n.ma.e> 七人份	はちにんまえ 八人前 < ha.chi.ni.n.ma.e > 八人份
きゅうにんまえ 九人前 < kyu.u.ni.n.ma.e > 九人份	じゅうにんまえ 十人前 < ju.u.ni.n.ma.e > 十人份	なんにんまえ 何人前 < na.n.ni.n.ma.e > 幾人份	

杯、碗的單位

いっぱい **一杯** < i.p.pa.i > 一杯（碗）	に はい **二杯** < ni.ha.i > 二杯（碗）	さんばい **三杯** < sa.n.ba.i > 三杯（碗）	よんはい **四杯** < yo.n.ha.i > 四杯（碗）
ご はい **五杯** < go.ha.i > 五杯（碗）	ろっぱい **六杯** < ro.p.pa.i > 六杯（碗）	ななはい **七杯** < na.na.ha.i > 七杯（碗）	はっぱい **八杯** < ha.p.pa.i > 八杯（碗）
きゅうはい **九杯** < kyu.u.ha.i > 九杯（碗）	じゅっ/じっぱい **十 杯** < ju.p / ji.p.pa.i > 十杯（碗）	なんばい **何杯** < na.n.ba.i > 幾杯（碗）	

瓶、枝、串的單位

いっぽん **一本** < i.p.po.n > 一瓶（枝、串）	に ほん **二本** < ni.ho.n > 二瓶（枝、串）	さんぼん **三本** < sa.n.bo.n > 三瓶（枝、串）	よんほん **四本** < yo.n.ho.n > 四瓶（枝、串）
ご ほん **五本** < go.ho.n > 五瓶（枝、串）	ろっぽん **六本** < ro.p.po.n > 六瓶（枝、串）	ななほん **七本** < na.na.ho.n > 七瓶（枝、串）	はっぽん **八本** < ha.p.po.n > 八瓶（枝、串）
きゅうほん **九本** < kyu.u.ho.n > 九瓶（枝、串）	じゅっ/じっぽん **十 本** < ju.p / ji.p.po.n > 十瓶（枝、串）	なんぼん **何本** < na.n.bo.n > 幾瓶（枝、串）	

國家圖書館出版品預行編目資料

絕對實用！日本人天天說的生活日語QR Code版 / 林潔珏著
-- 二版 -- 臺北市：瑞蘭國際, 2020.04
176面；17 x 23公分 -- （元氣日語系列；40）
ISBN：978-957-9138-77-2（平裝）
1.日語 2.會話

803.188　　109004398

元氣日語系列 40

絕對實用！日本人天天說的生活日語 QR Code版

作者｜林潔珏
責任編輯｜王愿琦、葉仲芸
校對｜林潔珏、王愿琦、葉仲芸

日語錄音｜今泉江利子、野崎孝男
錄音室｜不凡數位錄音室
封面設計｜劉麗雪
版型設計｜張芝瑜
內文排版｜張芝瑜、陳如琪
美術插畫｜Ruei Yang

瑞蘭國際出版
董事長｜張暖彗・社長兼總編輯｜王愿琦
編輯部
副總編輯｜葉仲芸・副主編｜潘治婷・文字編輯｜鄧元婷
設計部主任｜余佳憓・美術編輯｜陳如琪
業務部
副理｜楊米琪・組長｜林湲洵・專員｜張毓庭

出版社｜瑞蘭國際有限公司・地址｜台北市大安區安和路一段104號7樓之一
電話｜(02)2700-4625・傳真｜(02)2700-4622・訂購專線｜(02)2700-4625
劃撥帳號｜19914152 瑞蘭國際有限公司
瑞蘭國際網路書城｜www.genki-japan.com.tw

法律顧問｜海灣國際法律事務所　呂錦峯律師

總經銷｜聯合發行股份有限公司・電話｜(02)2917-8022、2917-8042
傳真｜(02)2915-6275、2915-7212・印刷｜科億印刷股份有限公司
出版日期｜2020年04月初版1刷・定價｜320元・ISBN｜978-957-9138-77-2

本書採用環保大豆油墨印製

瑞蘭國際

瑞蘭國際